KB270870

내 인생의 좋은 날

내 인생의 좋은 날

2009년 8월 5일 초판 1쇄 발행. 기자영이 쓰고 이홍용과 박정은이 펴냅니다. 편집은 양인숙과 천소희가 하고, 마케팅은 권기남이 합니다. 표지 및 본문 디자인은 박소희가 하였고, 본문 안의 압화는 김은선의 작품입니다. 제판은 푸른서울, 인쇄 및 제본은 상지사에서 각각 하였습니다. 출판사 등록일 및 등록번호는 2003. 2. 6. 제10-2567호이고, 주소는 121-837 서울시 마포구 성산동 628-5, 전화는 (02) 3143-6360~1, 팩스는 (02) 338-6360, E-MAIL은 shanti@shantibooks.com입니다. 이 책의 ISBN은 978-89-91075-55-9 03800이고, 정가는 12,000원입니다.

내 인생의 좋은 날

기자영 지음

【산티】

비밀의 문

자영은 침상에 누워 내게 이야기를 들려주고 있었다.

거기가 자신의 생활 공간이라고 했다.

그 가냘픈 손을 잡고 이야기에 귀를 기울였다.

이야기를 들으면서 이야기하는 물건을 바라보았다.

아름다웠다. 아니, 조용하게 움직이는 아름다움 자체였다.

옛 선사禪師가 노래하기를,

하늘땅이 나와 한 뿌리요, 만물이 나와 한 몸이라고 하였다.

그가 그렇게 노래해서 그런 게 아니라 본디 그렇다.

사람들이 그런 줄 알든 모르든 상관없이,

처음부터 그랬고 앞으로도 그럴 것이다.

간혹 이 비밀 아닌 비밀의 문을 열고 들어선 사람들이 있었다.

지금도 있다. 앞으로도 있을 것이다.

그들이 비밀의 문에 들어서기까지 걸어가는 길은 저마다 다르다.

달라도 괜찮다.

땅 위의 모든 강물이 저마다 다른 방향, 다른 모양으로 흐르지만,

바다를 향해 아래로 흐른다는 점에서는 조금도 다를 바 없듯이,

만물이 저와 한 몸이라는 '진실'에 다가서는

방법이나 모양이야 사람마다 다르지만,

일단 거기에 도달하면 모두가 천상천하에 유아독존인 것이다.

자영은 자신의 몸을 타고서(乘) 그 길을 가는데,

진도가 바다에서 가까운 그만큼, 이제 그 길을 거의 다 간 것 같다.

그가 자기 분신인 친구들에게,

지금까지 걸어온 길을 조금 보여주겠다니, 재미있겠다.

자영처럼, 자기 몸을 타고서 강을 건너

피안에 이르려 하는 나그네가 있다면

많은 용기와 격려를 얻을 것이다.

좋다. 그리고 고맙다.

2009년 여름

觀玉 이현주

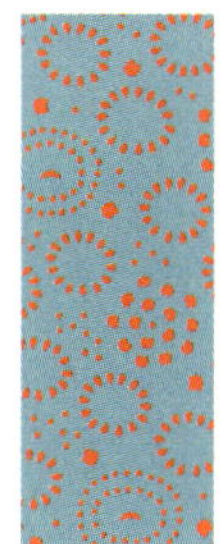

춤추는 나무

말기암 진단을 받고 수술을 한 뒤 서울에서 진도로 와 산 것이 벌써 아홉 해가 되어갑니다. 그 시간이 찰나 같기도 하고 수십 년, 아니 수백 년같이 아득하게 느껴지기도 합니다.

그 동안 제 몸은 죽음의 고비를 두 번 넘어왔습니다. 그럴 때마다 친구들은 "머리만 살아있어도 돼"라며 일어나주기를 청했습니다. 몸의 기능은 조금씩 약해졌지만, 그래도 세상에 남아 만나고, 나누며, 사랑할 수 있는 것은 친구들의 그러한 소망 때문이 아닌가 합니다.

암 진단을 받기 전, 저는 미국에 있었습니다. 2년간의 미국 생활중, 후반기 일 년 동안 저는 암 환자들을 여럿 만났습니다. 그분들과 대화하고 몸을 마사지해 드리고 운동도 가르쳐드렸습니다. 하지만 지금 생각해 보니 그분들께 저는 진정으로 도움이 되어드리지 못했습니다. 그분들이 겪는 고통이 무엇인지 알지 못했던 것이지요. 다만 그 고통을 나눌 수 있다면 좋겠다는 기도를 자주 올리곤 했습니다. 어쩌면 그 기도가 이루어진 것일까요?

어느덧 저는, 알 수 없었던 그분들의 구체적인 상황을 잘 이해할 수 있게 되었습니다. 그분들과 저는 하나가 되었습니다. 그것에 감사합니다.

전이된 종양으로 인해 골반의 절반을 쪼개어낸 후, 제 몸은 활동 영역이 매우 좁아졌습니다. 몸을 움직여 할 수 있는 일이 적어졌습니다. 대신에 불필요한 움직임이 줄어든 것 같습니다. 덕분에 많은 것을 놓게 되었고, 마음은 고요해졌습니다. 이상한 것은, 잘 놀릴 수 없는 몸이 되었는데도, 가슴 깊은 곳에서 '그분'은 새로운 꿈을 주고 계신다는 것이었습니다. 골반 절제 수술에서 회복이 되자, 저는 그 꿈을 향해 가는 발걸음을 붙잡을 수 없었습니다. 그래서 명상을 위한 작은 흙집을 지었습니다. 그리고 이름을 '자연의 집'이라고 붙였습니다. 그곳에서 만나는 모든 이들이 '있는 그대로'의 참자아를 발견하고 실현하기를 바라는 마음에서였습니다.

집을 짓는 중에도 몸에 종양이 재발되어 수술과 항암 치료를 받기도 했습니다. 그렇지만 모든 것은 마음에 떠오르는 대로 이루어졌습니다. 그 꿈이 이 몸만을 통해 이루어지는 것이 아니라 수많은 벗들의 몸을 통해 이루어지는 것을 보고, '나는 이 세상에 사람 수만큼의 분신을 지니고 있는 것이로구나' 문득 깨달았습니다. 마음과 그 안에서 창조된 꿈이 전체에 흐른다는 것을 체득하게 된 거지요.

‘자연의 집’을 짓고 나자, 작은 명상 공동체라는 꿈도 마음에 떠올랐습니다. 어떠한 모습들을 거쳐서 그 꿈이 이루어질는지 저는 알지 못합니다. 다만 제 마음의 작은 변화들, 그 속에서 일어나고 있는 깨달음들이 그곳으로 가는 흐름임은 알고 있습니다.

몸에는 갖가지 일들이 일어납니다. 때로는 편안했다가도 때로는 매우 아프고 약해지기도 합니다. 그런데 그때마다 배움을 얻게 됩니다. 이제는 몸에 극심한 변화가 있을 때, 그 뒤에 어떤 깨달음이 기다리고 있을까 하는 즐거운 기대를 합니다. 바람에 한껏 몸을 맡기고 춤추는 나무처럼, 모든 상황과 흐름에 심신을 맡깁니다. 그래서 행복합니다.

사랑하는 벗들에게 드릴 수 있는 것이 무엇일까 생각했습니다. 그러다가 일기를 드리기로 합니다. 2003년부터 쓴 일기 가운데 83편을 가려 엮었습니다. 사실 이 일기가 벗들에게 무엇을 가져다줄 수 있을지 모르겠습니다. 그것마저도 그저 맡겨버리렵니다. 감사와 사랑의 마음을 드립니다.

2009년 7월 기자영

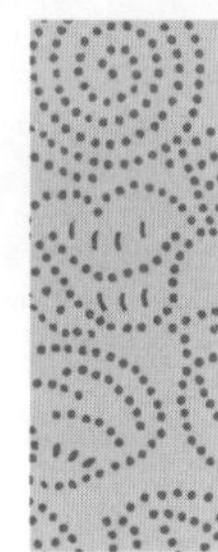

사랑의 숨바꼭질

치료를 위해 진도를 떠나 서울로 향할 때는 길어도 두 주 정도 지내다가 다시 돌아갈 생각이었지만, 언제나 그렇듯이 계획대로 되지 않았다. 세 주일을 지내고 진도로 돌아가려던 참에 나는 발을 헛디뎌서 심하게 넘어지고 말았다. 허리를 가누기조차 어렵게 되었다.

그래서 고모는 청주에 나를 바래다주고 혼자서 진도로 갔다. 진도 자연의 집엔 많은 일들이 고모를 기다리고 있을 터였다. 집주변에 우거진 풀들과 주렁주렁 달려 있을 콩들, 쌓여 있을 먼지들, 그리고 무엇보다도 그곳 가까운 요양소에 계시는 친척 할머니 한 분이 마음으로 간절히 고모를 부르고 있었다. 나에겐 청주에서 어머니와 동생 부부, 조카들과 함께 지낼 수 있는 좋은 기회가 생긴 셈이다.

오늘은 청주에 머문 지 일주일 되었다. 가족들이 지내는 모습을 지켜보는 것도 즐거웠지만, 아이들이 자라나는 모습을 보는 것은 얼마나 짜릿한 기쁨을 주는지 모른다. 하지만 고모가 곁에 없으니 불편하기 이를 데 없었다. 다친 허리 때문에 꼼짝 못하고 누워 있느라, 몸은 더욱 굳어지고 아프지 않은 곳이 없는데, 내 몸의 형편을 잘 아는 사람이 없는데다가 온 가족이 저마다 분주하니 마사지를 부탁할 수가 없었다.

그러던 어느 날, 나는 몸이 아파서 견디기 힘들다고 어머니에게 말했다. 어머니는 내 몸에 손을 얹고는 한숨을 쉬셨다. 좀 만져달라고 부탁을 했지만, 어머니는 그저 만지작거리며 혀를 차고 계실 뿐이었다. 나는 그런 어머니가 야속했다. 그러자 통증은 더욱더 심해지고, 급기야 눈물이 터져 나왔다. 한참을 아이처럼 엉엉 울고 나자 오히려 몸도 마음도 맑아진 느낌이 들었다.

옆에 앉아 계시던 어머니는 엉거주춤 일어나며 밭은기침을 하셨다. 그런데 그 기침소리가 범상치 않았다. "엄마, 어디 아프세요?" 하는 내 물음에, 어머니는 얼마 전에 뒤로 넘어지셨다고, 병원에서 검사를 해본 결과 별다른 이상은 없었는데 왜 이리 가슴팍이 아픈지 모르겠다고 털어놓으시는 거였다. 왜 진작 이야기하지 않으셨냐며 나는 어머니의 가슴을 여기저기 눌러보았다. 가슴 한가운데와 늑골 몇 군데를 눌렀을 때, 어머니는 소스라치며 아파하셨다.

나는 파동 검사기를 어머니의 손목과 발목에 연결하고 서둘러 검사를 해보았다. 그렇게 극성을 부리던 내 몸의 통증은 어느 새 거짓말처럼 자취를 감추었다. 어머니의 몸을 검사해 본 결과, 역시 늑골과 늑막의 통증이 심했다. 파동기를 작동시켜 놓고는 바로 눕지도 못하고 어정쩡한 자세로 누우신 어머니를 바라보았다.

그런 몸을 가지고 밥상을 차려 들고 왔다 갔다 하셨구나, 그런 통증을 참으시며 자잘한 심부름을 다 해주셨구나, 내 몸을 힘주어 마사지해 주지 못해서 한숨을 내쉬고 계셨구나, 하는 생각이 주르륵 지나갔다. 내 손은 어느덧 어머니의 가슴팍을 쓰다듬고 있었다. 오해와 원망이라는 장막에 가려져 있던 내 사랑이 얼굴을 맑게 내밀고 나와 어머니의 사랑을 맞이하고 있었다. 행복한 순간이었다.

서울에서 지내던 지난 한 달 동안, 고모는 많은 시간 침울해 있었다. 그런 고모를 볼 때마다 내 마음도 어두워졌다. 고모는 점점 더 피곤해 했고 표정도 침울했다. 무엇보다도 나를 바라보는 눈길과 나를 도와주는 태도가 싸늘했다. 나는 되도록 부탁을 적게 하려 했고, 한편으로는 고모가 자유롭게 생을 즐기며 살 수 있는 방도가 없을까 하고 궁리했다. 때때로 슬픔과 외로움으로 가슴이 답답해졌다.

　그러던 어느 날 고모는 나에게 불만을 털어놓았다. 모든 것을 고모가 다 해줄 수 있는데 왜 그렇게 혼자 하려고 애쓰는지, 그러면 고모가 네 곁에 있을 이유가 없지 않느냐, 그렇다면 혼자서 다 해보아라 하는 마음으로 점차 도와주지 않게 된다는 것이었다.

　불편한 몸으로 자주 화장실에 가고, 한번 들어가면 일을 다 마치는 데에 오랜 시간이 걸리면서도 도움을 청하지 않는 나를 고모는 못마땅해 하고 있었다. 누워서 용변을 보아도 고모가 잘 치워줄 수 있는데, 지나치게 무리를 하며 유난스럽게 군다고 생각하고 있었다. 그것은 정말 뜻밖의 이야기였다. 고모의 속마음은 내가 짐작한 것과는 정반대였던 것이다. 나는 그런 고모에게 내 몸의 사정을 말해주었다.

　수술로 골반 반쪽이 없어지는 바람에 내 몸의 구조는 상당히 많이 달라졌고, 괄약근은 그 기능을 점차로 잃게 되었다. 그래서 똑바로 앉은 자세로 용변을 보아야 하고, 물로 부드럽게 씻어야 상처가 덧나지 않는다. 그것은 척추에 무리가 가는 일이긴 했지만, 그렇다고 다른 사람에게 맡길 수도 없는 일이다. 내 설명을 들은 고모는 그것으로 오해를 풀고 미안하다고 했다. 내가 품었던 오해도 자연스럽게 풀렸다.

그러고 보니 고모에게는 나에게 더 많은 것을 해주고 싶은 마음이, 내게는 고모를 편안하게 해주고 싶은 마음이 커다랗게 자리 잡고 있었다. 그때에도 우린 서로의 사랑을 마주보고 있었다.

늘 이런 식이다. 그리고 돌아보면 오래 전부터, 아니 인생을 시작하면서부터 이러한 놀이를 반복해 왔던 것이다. 사랑은 매일 만나는 초라한 얼굴들과 지루한 일상 뒤에 감쪽같이 숨어 있었고, 그래도 늘 숨어 있는 사랑을 찾아내곤 했었는데, 인생이 바로 사랑의 숨바꼭질이라는 사실을 알아내는 데에도 꽤 오랜 시간이 걸렸다.

삶은 무엇이며, 왜 사는 것일까, 라는 풀리지 않는 물음을 껴안고 있었던 어린 시절부터, 1980년 광주에서 인간성의 소외를 목격하고 소외된 존재들에 눈길을 맞추기 시작하던 청소년기를 지나, 이상과 현실의 괴리에 갈등하고 힘겨워하던 청년기에 이르기까지 내 눈은 외부 세상을 향해 있었고, 늘 비판하고 분노했다. 어지러운 20대를 지나 30대에 접어들면서, 내가 가진 비판의 눈이 결코 세상을 바꿀 수 없다는 것을 알게 되었고, 오히려 내가 나 자신을 소외시키고 있었다는 사실을 어렴풋이 인식하게 되었다. 열심히 살긴 살았는데, 치열하게 고민도 했는데, 막상 나는 내가 진정 원하는 것이 무엇인지 몰랐고, 또한 내가 어떤 존재인지도 몰랐다. 그러한 인식을 하게 되면서 나는 나 자신에 대한 탐구를 시작하기로 했다.

게으르고 나약한 몸을 일으켜 세워 단련시키고, 과거의 기억과 사고방식들을 분석하고, 습관화된 감정을 바라보는 동안 머릿속의 복잡한 생각들이 간결해지고 마음은 고요해졌다. 그러던 어느 날, 고요함 속에서 '텅 비어 있으면서도 가득 차 있는 나'를 만나게 되었다. 그때부터 나에게는 돌아가 쉴 곳이 생긴 것이다.

그렇다고 해서 욕망이나 고뇌가 끝나지는 않았다. 여전히 자유와 평화는 멀었다. 그곳이 끝은 아닌데, 어떻게 해야 더 나아갈 수 있는지 도무지 알 수가 없었다. 나는 깊은 절망의 늪에 빠져버렸다.

암 진단을 받았을 때, 그것은 오히려 내 앞에 나타난 새로운 문이요 희망이었다. 막다른 곳에 닿아 어찌할 바를 모르던 나는 그 문을 열고 앞으로 뻗어 있는 길을 계속 걸을 수 있었다.

육체는 내가 아님을 이미 자각했고, 육체의 죽음이 새로운 탄생임을 알았어도, 몸이 점차 기울어가고 죽음을 지척에 두고 있다고 여겨졌을 때의 두려움은 이루 말할 수 없었다. 결코 피해갈 수 없는 곳에서 만난 두려움을 나는 대면할 수밖에 없었다.

그러나 똑같은 두려움을 안고 있던 환우들을 만나고 서로를 격려하다 보니 어느덧 마음은 기쁨으로 환해졌다. 벗들은 의연했다. 너무도 의젓하게 잘 준비하고 다른 차원으로 건너간 벗들은 한 사람씩 차례로 내 마음으로 들어와 나와 하나가 되었다. 죽음이 내 안으로 들어와 평안하고 다정한 삶이 되었다. 두려움은 나도 모르는 새에 사라져갔다. 새로운 길은 홀로 가는 길이 아니라 함께 걷는 길이었다.

몸이 아프고 불편해지면서 그런 상태로 마음 공부가 가능하기나 한 것일까 하는 의문이 들기도 했다. 도처에서 명상을 위해서는 건강한 육체가 기본 조건이라고 말하고 있었다. 그래서 똑바로 앉을 수 없고, 심지어 똑바로 누울 수도 없으며, 자주 통증이 찾아오는 상황에서도 명상을 할 수 있는지 실험해 보아야겠다고 마음먹었다.

우선 가장 기본적인 원칙을 세웠는데, 그것은 주어지는 상황은 어떤 것이든지 적극적으로 받아들이되, 거기에 판단을 덧붙이지 말자는 것이었다. 그 원칙은 아주 유효한 것이어서, 통증이 왔을 때에는 오직 그 순간의 통증만 느끼면 되었고, 그것이 내 마음의 밑바닥까지 흔들어놓지는 못했다. 통증을 느끼는 순간에도 그것이 곧 지나갈 거라는 생각이 햇살처럼 틈을 비집고 들어와 비춰주곤 했다. 그리고 틀림없이 그것은 지나갔다. 그러고 나면 폭풍우 지난 후의 평화를 느낄 수가 있었다.

상황은 늘 예기치 않게 찾아왔으므로, 난 어떤 것도 계획하거나 맘대로 만들어낼 수 없었다. 다만 오는 대로 받아들이는 것이 내가 할 수 있는 전부였다. 어느 순간 나는 내 자신이 가장 낮은 존재임을 깨달았다. 그러자 벗들의 친절과 기도와 헌신이 낮은 데로 흘러와서 나를 이루는 생명이 되었다. 매 순간 그것을 경험하고 목격했다. 모든 것이 와서 내가 되었기에 나는 모든 것이 되었다. 내가 따로 있는 게 아니었다.

완전한 자유와 평화를 얻게 되면서, 마음 공부를 위해 특별한 조건이 필요한 것이 아니라, 주어지는 모든 상황 자체가 마음 공부를 위한 조건임을 알게 되었다. 특별한 길이 따로 있는 것도 아니었고, 특별한 스승이 따로 존재하는 것도 아니었다. 인생에서 주어지는 모든 조건들을 바꾸려 하지 않고, 있는 그대로 받아들여 마음의 눈으로 응시하면, 그것은 지혜라는 선물을 살포시 내놓는다. 내 마음 한가운데에 존재하는 그 눈이 바로 참된 나의 스승인 것이다.

지독한 통증과 함께한 나날들 속에 어찌 평정함만 있었을까? 하지만 나중에 읽어본 내 일기 속에는 잔잔한 즐거움과 평화, 통찰과 기쁨이 드러나 있었다. 고통이라는 뿌리와 줄기에서 피어난 꽃봉오리였다. 고통은 항상 지나가는 것이었고, 그것이 지나간 자리엔 언제나 꽃이 피었다.

나의 눈은 어느덧 작은 자아에서 빠져나와 모든 자아들을 동시에 바라보고 있다. 나의 눈으로 보기에 이 작은 자아는 창가에 놓아둔 화분에 심긴 아주 작은 들꽃이다. 지나가는 새와 벌과 나비와 구름과 바람, 아이들과 어른들이 들꽃을 들여다본다. 들꽃은 그들의 눈 속에서 자기의 모습을 본다.

그들은 들꽃을 보며 가슴속 깊이 숨어 있는 참된 자아를 느낀다. 찾았다! 그것은 사랑이다.

한때 완전한 인간이 되기를 꿈꾸었던 작은 자아는 어쩐 일인지 더 이상 바라는 것이 없다. 충분히 행복하다.

점차 다리를 쓰지 못하게 되고 골반이 기울어지고 몸이 기우뚱해져 소위 정상에서 멀어져갈수록 살아 움직이는 것 자체에 대한 아름다움을 자각하게 되었다. 때로 움직일 힘이 없어 가만 누워 유리창 너머 보이는 푸른 하늘만 보아도 아! 그 아름다움…… 숨 쉬고 눈을 떠 그 하늘을 바라보는 순간의 충만한 행복과 기쁨. 불편한 육체 속에서 빛나는 영혼을 고스란히 느낄 수 있었다.

몸에게
건네는 말 ● ● ●

어린 시절의
풍경

초등학교 3학년 때였다. 그러니까 나이로는 열 살이었지. 아빠의 초등학교 동창회에서 주최한 야유회에 가족 동반으로 간 적이 있었다. 어느 강이었는데, 이름이 압록이었던가. 물이 얼음장 같아 입술이 새파랗게 변하고 오스스 떨면서도 물놀이가 마냥 즐거워 시간 가는 줄 모르고 놀았던 기억이 있다. 조금만 더, 조금만 더, 하면서 놀다가 급기야 마지막 버스 시각까지 당도하고 말았다. 그때 그곳에는 버스가 그리 많지 않았던 것으로 기억된다. 버스를 타기 위해 공터에 서둘러 가보니 사람들이 너무 많이 기다리고 있었다. 모두가 다 버스에 탈 수는 없을 것 같았다. 어쨌거나 버스는 마지막으로 사람들을 싣기 위해 왔다. 그러자 그 많은 사람들이 한꺼번에 버스 문을 향해 달려들고, 누구는 버스 유리창을 열고 어린 아이를 밀어 넣느라 안간힘이었다. 게다가 물놀이하느라 가져온 짐 보따리들은 바리바리 많기도 했다.

나는 버스에서 물러섰다. 버스와 사람들의 아귀다툼이 한눈에 들어와 실소를 금할 수 없었다. 그 문 앞에는 엄마와 아빠도 있었다. 육탄전으로 밀며 돌진해 가는 아빠의 뒷모습을 보며, 왠지 모를 서글픔과 형언할 수 없는 절망감 같은 것이 밀려왔다. 그때 그곳에서, '이것이 인생의 단면일까?' 하고 생각했던 것 같다. 나는 아예 더 멀리 물러나와 강가에 펴놓은 평상에 앉아버렸다. 차를 타지 못한 사람들이 이렇게 많은데, 임시차라도 보내주겠지 하는 생각이 들었다. 만약 그렇지 않다 하더라도, 집까지 갈 방법이 없으랴 하는 생각도 들었다. 지금 돌이켜봐도 배짱 두둑한 꼬마였다. 아님 치기 어린 꼬마였던가.

버스는 떠난 지 한참 후에 다시 돌아왔다. 엄마와 아빠가 내 이름을 부르는 소리. 나는 그제서야 쏜살같이 달려 빽빽한 버스에 간신히 올랐다. 엄마와 아빠는 노한 얼굴로 나를 크게 꾸짖으셨다. 꾸지람을 들으면서도 내 마음엔 우리 모두에 대한 부끄러움이 있어 이상한 웃음이 나왔다. 그 웃음을 보신 아빠는 더욱 노하셔서, 다른 사람들처럼 헤치고 올라왔어야 한다고, 그것이 삶이라고, 뭐 잘난 게 있어서 남들 다 올라타는데 뒷짐 지고 앉아 있었느냐고 재차 큰소리를 내셨다. 아마도 꼬마의 가당치않은 오만함으로 비쳐졌는지도 모른다. 그러나 내 마음에서 우리 모두에 대한 부끄러움은 가실 줄 몰랐다. 우리 스스로 지키지 못한, 인간으로서의 품위 때문이라고나 할까.

그 일은 오래오래 나를 슬프게 했다. 내가 버스를 타지 못하는 것과 다른 사람이 버스를 타지 못하는 것, 그 둘 사이의 차이를 발견할 수 없었다. 지금도 여전히 그렇다.

그러나 어린 시절 가졌던 절망감은 사라졌다. 살아오면서 내 편안함 대신 다른 이의 편안함을, 내 권리 대신 다른 이의 권리를, 내 생명 대신 다른 이의 생명을 먼저 생각하는 친구들을 많이 만났기 때문이다. 또한 자식을 잃고 덜컥 내려앉았을 부모님의 가슴이 이제는 보이기 시작한다.

참 감사할 따름이다.

몸에게 건네는 말

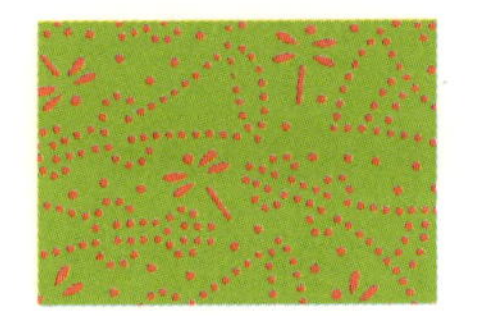

단잠을 잤다. 아프지 않았다. 다시 한 번 몸에게 말을 건넨다. 참 고맙다. 잘하고 있구나. 잠들기 전 네게 한 말이 위안이 되었니? 너 아프느라 수고한다 했지. 고모가 핀잔을 주었지만 얼른 나서서 가려주었지. 아프느라 수고 많아. 고모가 "아픈 것도 수고냐?" 해버리면 내 몸이 너무 슬퍼.

몸아, 아프느라 수고 많다. 그래, 정말 수고한다. 사랑하는 내 몸!

알고도 행하지 않으면 헛되다. 스티븐 코비는 《성공하는 일곱 가지

습관》을 쓰고서도 파산을 하고 말았다. 왜냐는 기자의 질문에 그는 "내가 쓴 대로 하지 않아서……"라고 했다지.

나도 마찬가지. 소리 내어 말하자. 늘 사랑을 속삭이자. 어쩌면 고생하는 몸에게 더한 고생만 강요했을지도 몰라. 이제 아껴주고 위로해주자.

몸아, 너 정말 사랑해. 이뻐. 통증이 심한데도 잘 움직여주고 잘 싸워주지. 참 대단해. 그리고 너 아름다워!

진통제

말기암 환자의 밤은 그리 녹록치가 않다. 간밤엔 끼룩 하고 몇 번 깜박 잠에 들었다가 나온 걸 제외하고는 통째로 앓았다. 낮은 의식이 활개를 치고 다니는 시간, 몸의 느낌은 잊히기 쉽다. 그러나 밤은 확실히 의식의 휴식 시간이다. 의식의 동작은 느리고, 육체를 내려놓고 쉬고자 한다. 통증은 자꾸만 의식을 붙잡고, 의식은 이것을 떨어내려 하고, 무진장한 싸움이다.

아침이 되면 의식은 다시 날개를 단다. '오늘이 다시 시작되었군.' 하루의 시작을 독백으로 선포하고 나면 의식은 삶의 주인이 되어 활동을 시작한다.

오늘은 업그레이드한 진통제가 배달되어 올 것이다. 그것은 의식을 붙들고 늘어지는 통증을 잠재울 것이다. 그러면 다시 단잠을 잘 수 있고 단꿈을 즐길 수 있을 것이다. 이런 때 인간의 부단한 탐구와 노력의 과정과 결과에 참으로 무한한 감사함을 갖게 된다.

구심력
원심력

아침에 요한 님의 전화를 받았다. 늘 그렇듯이 간밤엔 잘 잤는지, 기와 찜질을 하고 나니 좀 나아졌는지, 기분은 어떻고 밥은 잘 먹었는지 등의 질문을 쏟아놓는다.

오늘은 '절식 요법'이라는 정보를 전하는 요한 님. '절식'이란 먹을거리의 양을 줄여서 병을 낫게 한다는 것인데, 아마 암세포를 굶겨 죽일 수 있지 않나 하는 생각에서 나온 요법인가 보다.

그러나 불행히도 암세포는 정말 탐욕스럽다. 영양소를 넣어주지 않으면 가난한 이웃 세포들의 구조물을 부수고 짜서라도 원하는 양을 채우는 것이 암세포이다. 물론 정상 세포가 암세포로 변화되었을 때에는 무슨 이유가 있었을 것이다. 그처럼 발작적인 탐욕을 부리지 않고는 생존할 수 없다는 두려움을 갖게 한 최초의 원인이.

그것은 몸의 주인인 내게 분명 책임이 있다. 암세포들은 스스로 두려움과 탐욕으로 인해 힘들지도 모른다. 혹은 아닐지도 모른다. 세포분열의 스피드에 자아도취되어 다른 생각이 없을지도 모른다. 여하튼 주인인 내게 엄청난 깨달음을 주는 놈들이다.

첫째로는 나의 지나친 자의식과 조화롭지 못한 추구를 알게 해주었다. 둘째로는 지구 어머니의 아픔을 느끼게 해주었다. 지구 어머니의 젖가슴은 파헤쳐졌고 자궁은 황폐해졌다. 인류는 지금도 더욱더 파헤치고 잘라내어 쓸모없는 것들을 대량 생산해서 쓰레기를 만들고, 어머니의 몸 여기저기를 더럽히고 있다. 어머니는 아프다. 나도 그 아픔의 일부이다. 셋째로는 생명과 영혼의 아름다움에 눈뜨게 해주었다. 육체가 아름다웠을 때 나는 그 아름다움조차 즐기지 못했다. 눈에 보이는 것들로 눈이 가려졌다고나 할까. 더욱 완벽한 아름다움의 관념과 환상을 갖고 있었기에 육체의 흠만 보일 뿐 만족이 없었다.

점차 다리를 쓰지 못하게 되고 골반이 기울어지고 몸이 기우뚱해져 소위 정상에서 멀어저갈수록 살아 움직이는 것 자체에 대한 아름다움을 자각하게 되었다. 때로 움직일 힘이 없어 가만 누워 유리창 너머 보이는 푸른 하늘만 보아도 아! 그 아름다움…… 숨 쉬고 눈을 떠 그 하늘을 바라보는 순간의 충만한 행복과 기쁨. 불편한 육체 속에서 빛나는 영혼을 고스란히 느낄 수 있었다.

인간의 거룩함과 아름다움은 흠 없는 육체에 있는 것이 아니로구나. 그 아름다움이란, 거룩함이란 본래 그 자리에 있는 것이로구나, 거듭거듭 깨닫게 된다. 그 모든 앓은 다시 큰 기쁨이 된다. 참으로 두려움이 없다. 본래의 기쁨, 본래의 거룩함, 그 안에서 만족할 뿐이다.

영혼과 육체는 분리될 수 없는 하나이다. 그러나 실타래가 하나여도 이쪽 끝과 저쪽 끝이 있는 것처럼, 나무가 하나의 개체여도 줄기, 가지, 이파리와 꽃, 열매로 나뉠 수 있는 것처럼, 영혼과 육체 사이에도 이런 구분은 있다.

그러므로 무엇을 중심 자리에 둘 것인지 선택해야 한다. 우주 만물을 관찰해 보면 무엇이나 중심 요소가 있고 그 둘레를 공전하는 주변 요소가 있다. 중심 요소는 구심력을 발휘하여 주변 요소들이 일정한 범위를 넘지 않게 한다. 주변 요소는 밖으로 나가려는 원심력을 발휘하여 중심 요소의 범위 내에서 최대한 커지고 성장하려는 경향을 보인다. 물방울이 모여 내를 이루는 것도, 수증기가 모여 눈송이를 이루는 것도, 인간이 모여 가족 공동체와 국가 공동체를 이루는 것도 이러한 원리 안

에서이다.

그렇다면 사람이라는 개체를 이루는 중심 요소는 무엇일까? 또 주변 요소는 무엇일까? 인간은 그것을 스스로 선택하며 살아간다. 무엇을 중심 요소로 선택했느냐에 따라 인간의 위상은 서로 달라지는 것 아닐까?

인간은 지구의 일부이다. 지구의 세포로서 인간은 지구 어머니의 구심력에 따르고 있는지, 아니면 궤도에서 벗어나 제멋대로의 중심 선택으로 미친 춤을 추고 있지는 않은지. 비록 내 몸 안에 미친 춤을 추는 암세포를 키우고 있다 하더라도 나는 지구 어머니의 암세포가 되지는 않겠다는 소망을 다짐해 본다.

숲의
대향연

아침부터 줄곧 떠오르는 기억이 하나 있다. 그것은 숲에 관한 기억이다. 숲은 고요하다. 그러나 아니다. 소란스러움으로 가득 차 있다.

8, 9년 전의 일이다. 야간 산행을 갔다. 까만 밤이었다. 한치 앞도 보이지 않는 어둠 속이었으므로 부득불 네 발로 기어서 엉금엉금 산을

오를 수밖에 없었다. 한참을 오르다보니 눈도 점점 밝아져 땅을 짚은 손도 보이고, 흙을 덮은 검불도, 자잘한 돌도, 부지런히 기어 다니는 벌레들도 보이기 시작하였다. 그러고 보니 밤에도 만물은 잠들지 않고 분주히 움직이고 있었다. 그렇게 기어서 산등성이에 오르니 하늘이 열려 별들이 쏟아지고 있었다. 마침 가지를 옆으로 벌리고 서 있는 나무 하나가 눈에 띄어 가서 기대었다. 참으로 다정한 느낌. 잠시 그 만남, 그 인연에 대한 생각을 했던 것 같다.

"아, 고맙다, 나무야."

나무에게 한마디 건네었다. 그러자 신기한 일이 벌어졌다.

"안녕 케이시! 나는 루씨란다" 하는 말소리가 들렸다.

어어, 이게 무슨 일인가 하는 사이, 나는 공간 이동을 해서 어느 다른 별을 보고 있었다. 눈이 이마 한가운데에 하나만 박힌 소녀 둘이 보였다. 한 다섯 살이나 여섯 살 혹은 일곱 살 정도 되어 보이는 소녀들이었다. 둘은 흙을 가지고 장난하며 놀고 있었다. 언덕 위에 한 여인이 나타났다. 그도 역시 이마 한가운데에 하나의 눈을 가지고 있었다.

"루씨! 케이시! 이제 그만 놀고 들어와라!"

여인이 아이들을 부르고 있었다. 그리고 나는 어느새 나무 아래 있었다. 내 앞에 축 늘어진 나뭇가지를 잡아보았다. 오래전부터 나를 기다려온 친구를 만난 것 같은 느낌이었다.

"이젠 다른 데로 가봐."

나무의 말소리가 들렸다. 나는 곧바로 기대었던 몸을 일으켜 세워 다른 곳으로 발길을 옮겼다. 그러다가 깜짝 놀랐다. 내 앞 건너 건너의 나무 쪽에서 "어이, 이봐" 하는 소리가 들려서였다. 나를 부르는가 싶어 다시 나무를 찬찬히 바라보니 그 위에 사람과 비슷한 모양의 누군가가 걸터앉아 다른 나무와 말을 하고 있었다. 그러고 보니 여기저기 온통 정령들이 앉거나 서서 서로들 얘기하고 있는데 그 목소리가 제각각이었다. 나중엔 수런수런 하는 소곤거림이 숲에 꽉 차는 것이었다. 나는 황홀경에 빠져 있었다.

얼마나 지났을까. 그 지경에서 나와 한숨을 돌리고 나서도 가슴에 충만한 기쁨과 평화는 사라질 줄 몰랐다. 하산할 시간. 이제 네 발로 기어갈 필요가 없었다. 땅 어머니의 목소리가 발걸음을 인도해 주고 있었기 때문이다. 진정한 모성을 찾은 기쁨으로 생긋생긋 웃으며 한 걸음 한 걸음 날아갈 듯 산을 내려왔다.

이 기억은 내 인생에서 몇 안 되는 진하고 획기적인 것들 중의 하나이다. 이후로는 동화가 사실이라고 믿게 되었다. 그리고 인간이 상상할 수 있는 세계는 우주 안에 존재하는 세계일 것이라는 믿음이 생겼

다. 자기가 믿는 세계로 이사를 가게 되는 것도 사실일 것이다.

연인

그런 용기가 어디에서 왔을까. 늘상 결혼은 하지 않을 테야, 이성교제 같은 건 내 사전에 없어, 하는 고집을 가지고 있던 20대, 그런데 어느 날 무엇엔가에 떠밀리어 한 친구에게 프러포즈를 하고 연인 사이가 되었다. 그렇게 해서 내 인생에 뜨거운 연인 하나를 갖게 되었다.

우주 속으로 하나 남김없이 녹아버리는 듯한 황홀감에 잠긴 적도 있었고, 따뜻한 배려에 가슴속으로 잔잔히 눈물 배어드는 감동을 느끼며 지내기도 했다. 사랑하는 법을 배웠다. 말없이 살펴서 필요한 것을 마련해 주는 것. 비록 삶의 자리가 달라서 헤어져 있지만, 기억은 누구도 가져가버릴 수 없는 나의 보석이다. 그는 자신의 세계를 만들어가고 있지만, 내 세계에 부드러운 사랑과 영원한 환희의 느낌을 보태주었다. 그의 좋은 것들이 내게 와서 하나가 되었다. 좋은 기억이란 얼마나 큰 힘을 발휘하는지…… 어려움이 닥칠 땐 거기서 오는 기쁨과 낙천성으로 넘어가게 되는 것이다. 그때 머뭇거리지 않고 프러포즈를 한 것은 탁월한 선택이었다. 그리고 마음을 다 태워 사랑할 수 있을 때 그렇게 한 것도 잘한 일이었다.

그 여운은 마음속 풍경을 참으로 풍요롭게 해준다. 이제, 사랑이 홀로 살아 찰랑거리는 것을 가슴 가득 느낀다. 그 사랑이 다시 사랑스럽다.

민자

아침마다 영수가, 제 언니에게 내가 준 목도리를 팔랑거리며 집 앞을 지난다. 지금도 그렇다. 민자가 하고 다녔으면 보기 좋을 텐데…… 좀 속이 상한다. 민자는 추운 날씨 때문인지 막내 광명이를 포대기로 받쳐 업고 다닌다. 두 살배기 광명이가 열일곱 민자보다 더 커 보인다. 광명이는 늘 민자 누나만 찾는다지. 민자가 엄마인 줄 안다.

민자네는 식구가 많다. 엄마, 아빠, 큰딸 민자, 둘째딸 영수, 셋째 딸 애숙이, 넷째는 아들 광수, 다섯째는 딸 광자, 막내는 돌 지난 아들 광명이. 아빠는 글자를 아는 분인데, 알코올 중독이다. 공공 근로를 하는데, 술에 빠지면 그것도 그만이다. 두더지 굴 같은 좁은 집에서 그의 술버릇을 견딜 수 없어 온 가족이 송일 산보를 다닐 때가 많다. 엄마는 지능이 낮고, 글자를 모른다. 그래서 살림은 민자의 차지다. 민자는 초등학교만 졸업하고 지금까지 동생들 키우고, 집안 살림 도맡아하고, 삯일을 해서 동생들 용돈까지 마련한다.

민자는 초등학교를 졸업했지만 글자를 제대로 읽고 쓰지 못했다. 어느 날 우리 집에 놀러 왔다가, 가루비누 곽이랑 병에 붙은 글씨를 읽어달라고 하는 것이었다. 고지서나 영수증에 나오는 글자도 알고 싶다고 했다. 당장 서점에 가서 한글 기초 책자를 하나 사왔다. 민자와의 한글 공부는 그렇게 시작되었다.

가갸거겨부터 간단한 낱말 익히기…… 하지만 민자는 그런 면으론 좀 둔했다. 때때로 야단도 맞아 눈물도 흘리면서 공부했다. 민자 엄마는 매일 문을 열고 들여다보며, 일 안 하고 뭐하냐고 야단이었다.

그러던 어느 날, 배운 것을 복습하다가, 많이 잊어버린 민자를 호되게 야단치게 되었다. "누가 뭐래도 네가 공부하지 않아서 모르는 것은 네 책임이다" 하며 크게 나무랐다. 민자는 눈물을 뚝뚝 흘리며 그날따라 서럽게 울었다. 그러고는 우리 집에 발길을 뚝 끊었다.

간혹 새우 고르는 작업장에서나 볼 수 있었다. 궁금해도 뭐라고 묻기가 그래서 잘 지내냐는 인사만 하고 지나치곤 했다. 민자에게 피치 못할 사정이 있었을 텐데 그것을 배려하지 않고 야단만 쳤구나 하는 자책감도 있었다. 이대로 민자의 마음이 멀어진 건 아닐까 근심이 되기도 했다.

그러던 어느 날, 동네 교회에 놀러 갔더니, 민자가 마룻바닥에 엎드려 뭔가에 열중하고 있었다. 가만히 굽어다 보니, 성경책을 펼쳐놓고 베끼고 있었다.

"민자야, 너 계속 공부하니?"

놀라움 반 반가움 반으로 민자에게 말을 건넸다.

"네, 언니. 나 날마다 일 끝내고 공부했어요. 이제 많이 읽을 수 있어요."

아, 참 뛸 듯이 기뻤다.

"그랬구나, 난 네가 공부하는 줄 모르고 걱정 많이 했어."

"언니, 이젠 다 읽을 수 있어요. 다 언니 덕분이에요, 고맙습니다."

의젓한 민자의 말. 그럴 땐 민자가 더 어른이다. 민자는 몸이 너무 약해서 귀도 잘 안 들리고, 어떤 땐 냄새도 잘 못 맡는다. 어릴 적부터 보살핌을 받기보다 보살피는 일을 해오느라 힘이 들었을 것이다.

민자에게 크리스마스 선물을 하고 싶었다. 동생이 내게 준 모자,

목도리, 장갑 세트가 있었다. 빨간 빛에 하얀 수가 놓인 예쁜 소품. 민자는 아가씨니 예쁜 걸 좋아할 거야. 집 앞을 지나는 민자를 불러 세웠다. 민자에게 선물을 주고, 하고 싶었던 말을 해주었다.

"민자야, 너를 사랑하는 사람들이 많다는 것을 항상 기억해. 그리고 네가 얼마나 귀한 사람인지 잊지 마."

민자는 빙그레 웃는다. 집으로 돌아간 민자는 목도리는 영수에게, 장갑은 애숙이에게 주었을 것이다. 그건 세트로 해야 이쁜데…… 나는 속 좁게 투덜거린다.

민자는 오늘도 광명이를 업고 언제나처럼 유유히 지나간다.

앵자 아줌마

앵자 아줌마는 간혹 쌩쌩한 얼굴로 불쑥 현관문을 열고 들어선다. 가짜 백금으로 둘러싼 반짝거리는 이를 히히 하고 드러낸 채 아줌마가 들어서면 방 전체에 신선한 바다 바람이 불어오는 것 같다. 아줌마는 곧장 내 침대로 씽씽 걸어와서는, "우짜까~이~ 이렇게 아퍼서…… 빨리 나아야 할 꺼인디" 하며 눈을 찡그린 채 입으로만 씨익 웃는다.

"괜찮아요, 다리만 좀 불편한 거예요."

나는 늘 하던 얘길 되풀이하며 아줌마를 위로한다.

막내아들 큰어머니 칠순 잔치였다며 참석도 안 한 우리 집에도 예쁘장한 수건 한 장을 챙겨 왔다. 서른도 채 안 돼 남편을 잃은 앵자 아줌마는 세 남매를 키우느라 눈물 빠질 새도 없이 분주하게 살았다.

어느 날 품 팔러 나갔다가 원치 않은 일을 겪어 막내아들을 낳게 되었다. 그 일로 긴 세월을 죄책감으로 살아왔다. 그런데 그렇게 해서 기른 막내아들은 반듯한 성품과 훤칠한 외모를 가진 청년으로 성장했다. 게다가 살갑게 두 어머니를 챙기는 막내아들을 보며 앵자 아줌마의 상처는 많이 지워졌다.

"저것을 안 낳았으면 어쩔 뻔했누……"

앵자 아줌마의 밭은 참 아름답다. 하루도 거르지 않고 풀을 매고 보살피니 두세 달에 한 번씩 여러 가지 수확이 풍성하다. 그 조그마한 몸이 비탈진 밭을 누비는 모습을 멀리서 보면 마치 춤을 추는 것 같다.

산책을 하다가 멀리서 "아줌마! 뭐하세요?" 하고 아는 체를 하면 반짝이는 이를 다 드러내고 웃으며 "이~ 밭 매" 한다. 요즘 같은 겨울철에 아줌마는 굴을 깬다. 면장갑을 끼고 조쇠를 놀리는 아줌마의 손놀림은 가히 경지에 다다랐다고 할 수 있다. 옆에 앉아 아줌마 손놀림을 구경하고 있노라면 시간 가는 줄 모른다. "재밌어요?" 하고 물어보면

“이잉~ 재밌어” 한다.

가끔, 하나하나 일일이 손으로 깬 그 굴을 한 대접씩 퍼서 가지고 온다. “아이고, 이거 애쓰고 깬 건데, 아깝게 왜 가지고 오셨어요?” 손사래를 치면 아줌마는 씨익 웃으며 조용히 “이잉~ 주고 싶응게” 한다. 아줌마는 춤추듯이 일해서 거둔 것들을 바리바리 싸서 아들 딸, 일가친척들에게 보내고 우리 집에까지 한몫 챙겨준다.

“나는 만날 주고 싶어, 진짜여.” 아줌마가 일하는 이유, 살아가는 이유.

상심 씨

상심 씨는 요즘 술을 마시지 않는단다. 겨울이라 다른 동네로 품 팔러 다닐 것이다. 가끔 장화, 장갑, 모자로 무장을 하고 우리 집 앞을 지나는 그녀를 볼 수 있다. 상심 씨는 나이가 얼마나 될까? 보기엔 오십대 후반 정도 되는 것 같다. 서울 근교에 살다가 다 귀찮아서 툭툭 털고 빈손으로 내려왔다는 그녀는, 출장 파출소로 쓰이던 자그마한 건물을 공짜로 빌려서 살고 있다. 방 하나, 부엌 하나 있는 여섯 평 정도의 공간이다. 건물 주변에 상추, 배추, 무, 호박, 감나무 등을 심어, 보기에도 실한 농사를 짓고 있는 듯하다.

재작년 상심 씨를 처음 만난 것은 바지락을 캐러 갯벌에 나갔을 때였다. 고모와 나는 멋도 모르고, 양동이 하나에 반장화를 신고 갯벌에 나갔다. 갯벌은 쫀득쫀득해서 우리의 발을 깊숙이 받아들이고는 뇌주질 않았다. 한 발짝 떼어놓기가 늪에서 헤어 나오기와 별반 다를 게 없을 정도로 힘겨웠다. 그러니 몇 걸음 옮기는 데 반나절을 홀딱 넘기고, 바지락은 한 대접도 채우지 못했다. 게다가 바지락이 숨어 있는 구멍을 판별하는 데도 안목이 필요했다.

"야, 이거 이렇게 힘드는 건지 몰랐는데" 중얼중얼하며 사방을 둘러보니, 한 아줌마가 허리에다가 빨간 대야 하나를 매달고 다니면서 갯벌 바닥을 종횡무진하고 있었다. 장화는 허벅지까지 올라붙어 있었고, 면장갑에 호미를 들고 있었다. 보아하니 벌써 한 대야 꼭 채운 것 같았다. 정말 예술이었다.

속이 출출해졌다. 아줌마도 그랬나보다. 우리가 가져온 찐 고구마와 아줌마가 가져온 쌀막걸리를 펼쳐놓았다. 아줌마는 막걸리를 사발에 부어 꿀렁꿀렁 들이키더니, 몇 걸음 저쪽으로 가서 덜렁 엉덩이를 까고 볼일을 보는 것이었다. 아, 참, 신선한 충격이었다고나 할까. 자연 속에서는 부끄러운 것이 없구나 하는 걸 깨달은 순간이었다. 그 광경은 전혀 튀지 않았다. 그저 자연과 잘 어우러졌다. 그렇게 상심 씨와의 만남은 신선했다.

상심 씨는 인천에 남편을 홀로 두고 왔다고 했다. 남편은 자기를 오라 오라 하지만 혼자 사는 게 편하다고 했다. 그런 상심 씨가 어느 날 고주망태가 되어 동네 길에 서서 고래고래 소리를 지르고 있었다. 사람들이 자기만 따돌리고 있으며, 이장은 자기를 속이고 있다고 했다. 해가 질 무렵부터 시작된 그녀의 사설은 깜깜한 밤이 되자 비로소 잦아드나 싶었다.

그런데 무슨 일로 밖에 나갔던 고모가 놀라서 뛰어 들어왔다. 상심 씨가 술 정신에 속옷까지 벗어젖히고 우리 집 뒷길에 옹크리고 있었던 것이다. 상처 입은 짐승처럼, 누가 다가서기만 해도 으르렁거리며 접근을 못하게 했다. 고모는 다른 사람을 부를 수도 없고, 직접 데려다줄 수도 없으니 어떻게 해야 하나 노심초사였다. 그러다가 포기하고 잠자리에 들었는데, 새벽에 나가보니 상심 씨는 없고 속옷만 길에 뒹굴고 있었다. 알고 보니, 추워서 벅벅 기어 집으로 갔다고 한다. 고모는 재빨리 상심 씨의 속옷을 챙겨들고 들어왔다. 나는 그것을 달라고 해서 빨았다. 그냥 버리라는 상심 씨의 전갈이 있었지만 그렇게 하기가 싫었다.

상심 씨는 며칠 동안 두문불출이었다. 동네사람들 보기가 민망해

서였다. 밥이나 제대로 챙기는지 궁금해, 빨아서 말린 속옷을 접어 가
지고 그녀를 찾아갔다. 그래도 혼자 생활에 익숙한 상심 씨는 죽도 끓
여 먹고 하면서 속을 다스리고 있었다. 손수건으로 싼 속옷을 그녀에게
건네주었다. 그때 그녀가 얼마나 부끄러워하는지를 보았다. 상심 씨는
중얼중얼하며 다른 여자에게 가버린 남편 애길 털어놓았다. 가슴이 까
맣게 타서 말라버린 것 같은 눈물샘에서 찐한 눈물이 엉기어 나오고 있
었다. 그 후로 상심 씨는 술을 끊었다고 한다.

어느 때 한 번 이웃 마을로 시집을 가기도 했는데, 곧 다시 돌아와
집도 수리하고 텃밭도 실하게 가꾸고 품팔이도 잘 다닌다. 상심 씨에게
는 다른 재주도 있다. 산나물과 약초 캐는 것. 철철이 어느 산에 무슨
나물이 나는지, 어디 가면 무슨 약초가 나는지 척척박사이다. 그래서
그녀는 자기의 병들을 다 고쳤다고 한다. 가끔 내게도 격려의 말 한마
디 잊지 않는다. "빨리 나아야 돼, 응?"

가장 무도회

민 친척 오빠의 방문. 간혹 전화 목소리는 들었지만 이렇게 얼굴을
맞대게 된 것은 몇 년 만인가? 얼추 십 년이 넘은 것 같다. 중년을 넘어

서는 그늘이 그의 얼굴을 덮고 있고, 삶의 족적이 달랐던 것만큼이나 오빠는 말이 없었다. 그저 큰 병으로 병원에 들어와 있는, 불쌍한 친척 누이를 바라보고 있었다. 혀를 쯧쯧 차며 안타까워하는 오빠를 보니 나도 달리 할 말이 없어 히죽히죽 웃다가 보내고 말았다. 나에 대한 연민이 오빠에게 조금이라도 힘이 될 수 있을까? 그랬으면 좋겠다는 생각이다. 정말 그 외에 그와 나눌 수 있는 게 없어 보이니 말이다.

친구들이 온다. 환한 미소를 가지고. 내 친구들은 그런 미소를 가진 사람들이다. 친구들은 여러 가지 이름을 가지고 있다. 엄마, 아빠, 고모, 이모, 형제, 동창, 아주머니, 아저씨, 또 아무아무님…… 그리고 여러 가지 역할과 고민과 걱정과 희망 들을 액세서리처럼 저마다 달고 있다. 하지만 손을 잡고 친구들의 눈을 가만 들여다보면, 그 모든 존재가 한 잔의 물에서 똑똑 떨어져 나온 물방울처럼 그리도 같아 보일 수가 없다. 그 이름은 단지 하나이다. 그것은 사랑.

온갖 분장을 하고, 저마다 나름대로 정성들여 다듬은 가면을 쓰고 축제처럼 찾아오는 친구들. 하느님이 이처럼 갖가지 분장을 하고 오시는데 어찌 즐겁지 않을까. 즐겁고 즐거운 우리들의 가장 무도회.

MRI 통 속에서의
명상

MRI를 찍기 위해 눕는 작은 침대는 내 몸 하나 눕히기에 가장 적당한 크기이다. 남지도 부족하지도 않은 딱 그만한 크기의 자리에 눕는 마음은 참 편하다. 몸에 필요하지도 않은 힘을 주고 있을 이유는 없다. 다 놓아버린다. 얼굴엔 편안한 미소가 떠오르고 아무 방해 없이 나라는 존재, 생명을 음미할 수 있음을 기대하며 더 큰 웃음이 피어오른다.

작은 침대는 이제 온화한 어둠 속으로 미끄러져 들어간다. 의식을 보자기처럼 펼쳐 온몸을 덮는다. 몸은 마치 구름 위에 누운 듯 가볍고 평화롭다. 생명 외엔 아무것도 느끼지 않는다. 그 느낌은 솜사탕을 부풀릴 때처럼 커지고 커져 기쁨이 된다. 입술이 귀 밑까지 찢어질 정도로 그 환희는 이루 말할 수 없다.

아아, 감사합니다. 생명이여, 감사합니다. 감사합니다.

오른 다리에게

이른 아침, 너는 여전히 비스듬히 앉은 메마른 몸을 지탱하고 있다. 사진으로 본 너의 모습은 경이로울 정도였다. 골반에서는 너를 붙들어줄 뼈도, 힘 있는 근육도 사라져버리고 없는데, 넌 여전히 따뜻하고 조금이나마 나를 지탱하고 그나마 작은 움직임으로라도 평형을 유지하게 해주는구나. 정말 최선을 다했다, 너는.

너의 일생은 파란만장했지. 여섯 살, 높은 지붕에서 떨어져 목숨을 잃을 뻔했을 때에도 너는 가장 많이 다쳤지. 초등학교 시절, 어려운 발레를 배울 때 너는 지나친 움직임을 감당하지 못해 저리고 삐걱거리고 눈물 흘렸지. 다시 한 5년 후, 책상 위에 올라서서 선생님의 심부름으로 자습 문제를 칠판에 쓰다가 발을 잘못 디뎌 너는 정말 많이 다쳤지. 아프고 피도 났지. 그런데도 너는 내가 원하는 만큼 움직여주었어. 늘 분주했던 이 마음을 따라주느라 가늘디가는 다리에는 단단한 근육이 붙었고, 발이 보이지 않을 정도로 바쁘게 잘 뛰어주었다.

유난스런 욕심꾸러기 주인을 둔 너. 육체의 한계를 넘어가는 수행도 너를 통해 이루어졌다. 나의 사랑하는 오른 다리, 이제 곧 너를 떠나보내면서 내가 너를 얼마나 사랑하는지, 얼마나 감사히 생각하고 있는지 말하고 싶다. 지구 어머니의 병을 일부 맡은 것도 너이니, 너는 끝까

지 버릴 것 하나 없는 귀하고 귀한 존재구나. 사랑하는 나의 오른 다리,
이제 완전히 새로운 변화를 향해 가자. 나는 너를 사랑으로 기억할게.
내 삶에 최선을 다해준 헌신으로 기억할게.

오늘과 내일 아름답게 지내자.

투명 다리

긴 치마를 걷어 올리고 거울을 바라본다. 까만 머리카락, 환한 얼
굴, 자그마한 어깨, 가슴, 배, 가늘지만 굳건한 왼쪽 다리, 그 다음엔 투
명한 오른 다리…… 정말 영화 속에서 본 한 장면 같다. 잘라내었지만
여전히 존재하는 내 다리.

병원에서 의사 선생님은 뇌의 착각 때문이니, 되도록 없다는 생각
으로 바꾸라 하셨지만, 굳이 그리 하진 않을 것이다. 물질적인 다리는
사라졌지만 에너지로 남아 다시 걸음마를 가능케 할 것이라는 걸 믿기
때문이다. 누워 있을 때 누군가 오른 다리 위로 물건을 놓거나 움직이
면, 에너지로 남아 있는 오른 다리는 쩌릿쩌릿 고함을 지른다. 그래서
이 다리를 투명 다리라 부르지 않을 수 없다.

목발을 짚고 걸을 때에도 이 투명 다리를 사용한다. 투명 다리와

목발이 먼저 나가고 다시 왼 다리가 앞으로 나갈 때 오른 다리로 뒤쪽을 버틴다. 투명 다리를 사용하지 않으면 금방 중심을 잃거나 골반이 아프거나 한다. 의자에 앉은 지금도 투명 다리에게 충분한 자리를 내어주었다. 앞으로도 투명 다리는 제자리에서 구실을 다할 것이다. 간혹 찌릿한 전류감으로 자신의 존재를 확인시키면서 말이다.

사랑의
쉼터

수술 후 상처가 아물어가던 어느 날, 병실 침대 머리맡에 편안한 얼굴을 한 그이가 찾아왔다. 눈에 익다 싶었더니 일 년 반 전에 큰 수술을 마치고 꼼짝없이 침대에 등을 붙이고 누워 있던 내게 고무 튜브로 된 기구들을 가지고 와 머리를 감겨주시던 바로 그이였다.

"방사선 치료를 받으신다면서요. 어디 기거할 곳이 있으세요?"

사실 7주 동안 방사선 치료를 받아야 한다는 통보를 받고 근처에 방을 하나 구하려던 참이었다. 수술 환자들이 많은 암병동에, 단 몇 분의 방사선 치료를 받는 환자들에게까지 돌아갈 병실은 없었다. 그래서 지방이나 병원에서 먼 곳에 집을 둔 사람들은 병원 근처에 방을 빌려서

통원 치료를 받고 있다.

"작은 쉼터를 하나 마련했는데 괜찮으시다면 거기서 지내세요."

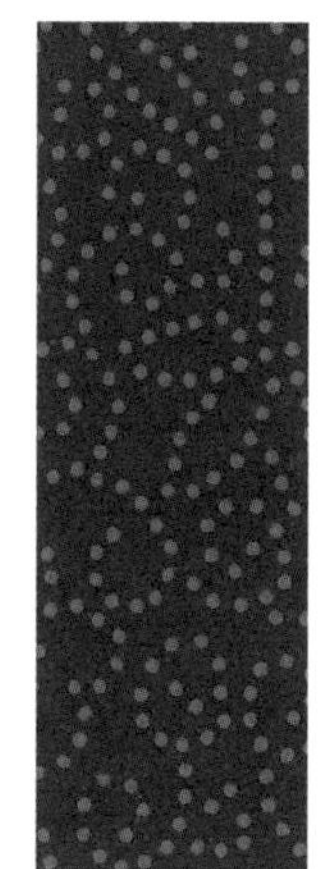

겸손하게 마치 무슨 부탁이라도 하는 양 말을 건넨 이는 호스피스실 팀장인 안기순 님이었다. 평화로운 눈에 마음이 끌렸다. 안기순 님과 오랫동안 쉼터에 대한 이야기를 나누었는데 그이와 나의 마음과 생각은 서로 통했다. 쉼터가 그저 환자들이 먹고 자는 곳이 아니라 영적인 성숙을 이루어가고 죽음을 넘어서는 곳이었으면 하는 것이 안기순 님의 생각이었는데, 그것이 정말 마음에 들었다.

며칠 후, 이 심상치 않은 인연에 이끌려 '사랑의 쉼터'에 가장 먼저 입주하게 되었다. '사랑의 쉼터'는 안기순 님이 분양받은 15평 넓이의 오피스텔 방 두 개로 이루어져 있었다. 안기순 님은 하느님이 이 모든 일을 하셨다며 기뻐했다. 이 쉼터는 무료로 제공되며, 비용은 후원금으로 충당된다. 안기순 님은 "자영 님과의 인연이 무슨 의미인지를 생각하고 있어요" 했는데, 그것은 나도 마찬가지였다. 나도 이 만남의 의미를 하느님께 묻고 있는 중이었다.

안기순 님은 이미 암을 치료받은 벗과의 만남을 주선했다. 그리고

곧 영적 공부 모임을 시작했다. 릭 워렌 목사의 《목적이 이끄는 삶》이
라는 책을 가지고 영적 나눔을 이끌어갔다. 적은 수의 만남이었지만 나
눔은 풍성했다. 약속되었던 7주는 너무도 빨리 지났다. 그간 치료는 부
차적인 일이었고 주된 일은 병실의 친구들과의 만남과, 일주일에 한 번
있었던 영적 대화였다. 우리는 한 달에 한 번 만나기로 약속을 하고 헤
어졌다. '사랑의 쉼터'는 본래 의도했던 목적대로 그 여행을 시작한 것
이다. 그 길이 지나는 곳은 어떤 풍경일지 왠지 모를 야릇한 기대로 가
슴이 설레기도 한다.

지금도 쉼터의 주인이 아닌 겸손한 여종의 모습을 한 안기순 님을
떠올리면 가슴 한켠으로부터 뭉클하게 환희와 감동이 밀려온다. '사랑
의 쉼터'는 바로 안기순 님 자신이 아닌가 한다.

천국에서의
일곱 주

병원 문을 나선 것은 입원 7주째였다. 그 안에서 일어난 일들이 지
금도 생생하게 눈앞에 아롱거린다. 안타까운 표정으로 치료 내용을 설
명하시던 담당 의사 선생님, 늦은 수술을 마치고는 밤늦게 병실을 찾아

오셔서 수술을 디자인하던 정형외과 원장 선생님의 따뜻한 손길과 눈빛, 통증을 줄여볼 요량으로 소일거리를 찾던 중 십자수를 알려준 인자 씨, 인자 씨는 골육종으로 항암 치료를 받고 있었다. 어떠한 고통도 삶을 굴복시키지 못한다는 것을 보여준 조미자 씨, 꿈이 있는 한 지금의 어려움은 극복하고 이겨낼 수 있음을 보여준 열일곱 혜지, 잠자는 시간이고 식사 시간이고 퇴근 시간도 없는 듯 열심히 환자에 몰두하시던 레지던트 선생님들, 환자의 아픔을 함께 하던 간호사 선생님들…… 위로를 주었던 친구들, 특히 밤늦게 찾아와 비몽사몽 헤매는 이 친구의 손을 잡아주던 신희, 반찬거리를 일부러 구해서 늦은 밤 몰래 놓고 간 준희 씨…… 수술이 끝나고 나자 이제 오래 살 수 있다며 좋아하던 친구들과 선배들……

매일 감동을 체험했다. 꿈만 같은 아름다운 시간이었다. 이 많은 사랑에 어떻게 보답할까? 정말이지 내 몸 안에 흐르는 이 생명은 나의 것이 아니다. 이 생명은 당신들의 것이다. 감사라는 말씀 외에 달리 할 말이 없다.

한번은 환자복을 입은 중년 남자가 내 앞에서 오락가락하더니 걸음 연습을 위해 설치해 놓은 보

도 맞은편 의자에 앉았다. 그는 머리에 큰 상처를 입었는지 붕대를 붙이고 있었고 다리엔 깁스를

하고 있어 한눈에도 큰 부상을 입은 것 같았다. 그가 입을 열어 "할 말이 있어요" 했다. 무슨 일인

가 하고 그의 얼굴을 쳐다보는 내게 그가 말했다. "절대 실망하지 말아요. 걸을 수 있어요. 무엇

이든 할 수 있어요." 또 천사가 와서 내게 속삭이는 것 아닌가.

돌아보아야 할 것들 · · ·

작은
신의 아이들

십자수 놓기에 흠뻑 빠졌다. 바탕천도, 실도 더 필요하고, 도안도 좀 훑어봐야 했다. 은행일을 보러 가야겠다는 어머니와 함께 외출을 했다. 한두 블록 정도를 운동삼아 걸었다. 돌아오는 길에 길 건너 슈퍼마켓에 살 것이 있던 어머니를 보내고 건널목에서 기다리고 있던 참이었다. 일곱 살 정도 되어 보이는 사내아이가 한 발로 삐쭉 서 있는 나의 다리를 유심히 쳐다보며 건너오는 것이었다. 아이는 나를 스쳐 지나가면서도 찬찬히, 길 저쪽으로 걸으면서는 숫제 고개를 돌리고서 찬찬히 나의 다리를 살펴보았다. 아이는 마침내 아파트 경로당 건물 모퉁이를 돌아 사라졌다. 그 모습이 하도 귀여워 혼자 킥킥거리고 있는데, 모퉁이로 사라졌던 아이가 불쑥 다시 나타나서 내게로 다가오는 것이었다.

"근데요…… 왜 다리가 하나밖에 없어요?"

아무리 살펴보아도 신기한 모양이었다. 아이의 순수한 호기심에 웃음이 새어나왔다.

"음…… 이쪽 다리가 너무 많이 아파서 수술한 거야."

아이는 이제 노골적으로 바싹 다가와 코앞에서 다리를 확인했다. 고개를 끄덕이던 아이는 종종걸음으로 다시 건물 모퉁이를 돌아 사라졌다. 곧이어 서너 명의 아이들이 왁자하게 모퉁이를 돌아 나왔다. 아까 그 아이가 큰소리로, "수술해서 다리가 하나밖에 없대!" 하며 친구들을 몰고 온 것이다. 다른 아이는 내 옆에 바짝 붙어 올려다보며, "왜 다리가 하나밖에 없어요?" 한다. 아마 이 아이들은 이런 신기한 구경거리를 처음 접한 것 같았다.

"으음…… 이쪽 다리가 많이 아파 병원에서 수술을 해서 잘라낸 거야."

아이들의 표정이 매우 진지했다.

"그럼 한쪽 다리는 병원에 있어요?"

나는 가볍게 고개를 끄덕였다. 다른 한 아이가 매우 걱정스런 얼굴로 물었다.

"근데요…… 근데 왜 안 죽었어요?"

그 말을 들으니 웃음이 나왔다.

"다리가 하나 없어졌다고 죽지는 않아."

아이는 그래도 이해가 잘 안 되는 모양이었다.

"이렇게 한쪽이 없을 땐 마네킹 다리 같은 걸 만들어 붙이고 걸을 수도 있어. 죽는 것과는 달라."

아이들은 모두 진지한 표정을 하고 우르르 다음 행선지로 향해 갔다. 나는 나의 집으로.

아이들의 때 묻지 않은 호기심과의 만남이 내 마음에 잔잔히 남아 있다. 아이들의 해맑은 관심과 호기심. 이 아이들의 맑음이 왜곡된 정보에 감염되지 않았으면 하고 기원해 본다.

다음 산책길에 아이들을 만나면 좀더 많은 애길 해주고 싶다. 사실은 아이들 안에 햇살처럼 빛나는 신의 미소를 더 느끼고 싶은 것이다.

작은 친구

바깥에 눈부신 햇살이 꽉 차 있었다. 이 햇살을 그냥 둘 수는 없는 일, 식구들을 부추겨 나들이를 나섰다. 엘리베이터를 타고 아파트의 1층 현관을 나서자니 토요일 오후라서 그런지 아이들이 와글바글 놀고 있었다. 문득 한 아이가 내게로 다가와 아는 척을 했다. 초등학교 2학년쯤 되어 보인다. "아직 다리 하나예요?" 하고 묻는 것을 보니, 지난번 현관 앞에서 만난 아이들 중 하나 같다. "으음, 다리가 생기려면 한참 기다려야 될 것 같아" 하니, 아이는 고개를 끄덕이며 "고생이 많으시네요" 한다. 이 한마디가 햇살처럼 가슴에 번진다. 웃음이 나오고 아이의 마음속에 있는 친구를 느낀다. 다음엔 이름을 꼭 물어봐야겠다.

바이러스
바이러스

분명, 살아가며 만나는 모든 것이 바이러스임에 틀림없다. 때로는 그것이 행복을 만들어주는 것이기도 하고, 때로는 우울함과 분노를 주는 것이기도 하다. 오랜만에 나는 우울 바이러스에 감염이 되었다. 그것은 이틀간의 병원 검사에서 비롯되었다.

첫날은 MRI 촬영이 있었다. 몇 년간 치료를 받으며 여러 번 촬영을 해보았지만 이런 검사는 처음이었다. 기계 속에서 명상을 즐기며, 불편함보다는 그 시간에 대한 기대감으로 설레기까지 하던 검사였다. 그런데 이건 무엇인가? 기계의 소음이 시작되었는데, 이루 말할 수 없이 큰 소리였다. 그 소리는 내 귀와 머리를 온통 잡아 흔들어 정신을 쏙 빼어놓을 것만 같았다. 게다가 언제 끝날지 알 수 없게 길고 길었다. 그 소리에 맞서느라 나는 내 목소리를 내지 않을 수 없었다. 눈에선 눈물이 나고……

일차로 과정이 끝나고 기계에서 나는 꺼내어졌다. 검사 담당 기사

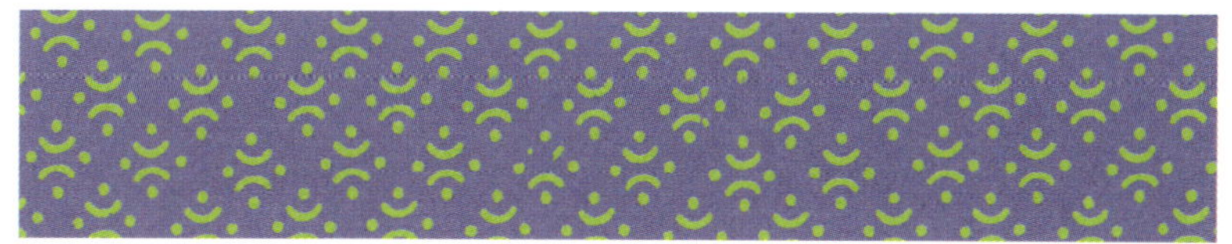

는 눈물을 흘리는 환자를 보고는 왜 그러느냐고 물었다. 나는 기계 소리를 좀 줄여줄 수 없겠느냐고 했고, 기사는 기계가 힘이 좋은 거라 할 수 없다고 말했다. 어떻게 해줄 수 없겠느냐는 질문 끝에 그는 귀마개를 가지고 와서 양 귀를 막아주었다. 덕분에 8분 남은 나머지 검사는 편안하게 마칠 수 있었다. 예전엔 인식하지 못했는데, 다른 곳에서 검사를 할 땐 늘 이렇게 귀마개를 해주었던 것이다.

힘든 검사를 마치고 기사에게, 다른 환자에게도 언제나 귀마개를 해주는 게 좋겠다고 말했다. 그는 기계가 좋은 것이라 소리도 크니, 귀마개는 하나 하지 않으나 별 차이가 없다고 말하는 것이었다. 기사님도 한번 들어가 소리를 들어보라고 권하자, 자기도 한 달에 한 번은 기계 속에 들어간다고 말했다. 종합해 보면 이 기사는 자기에겐 아무 잘못이나 실수도 없고 어쩌다 까다로운 환자를 만난 게 되는 셈이었다. 말도 안 되는 거짓말을 되풀이하며 자기변명을 하는 그가 보기 싫어 얼른 고개를 돌렸다. 하지만 마음까지 돌려지지는 않았다. 왜 자기 자신을 그처럼 가치 없게 만드는가 말이다. 환자의 불편 하나 작은 주의로 해결해 줄 수 없을 만큼 무능한 사람이란 말인가?

다음날 대장 검사가 있었다. 전날 오후부터 금식을 하고, 관장하는 약을 복용하고, 이런저런 마음의 준비를 하고 검사실에 들어갔다. 지시에 따라 옷을 갈아입고 딱딱한 기계 위에 올라 누웠다. 좀 기다리라는 지시에 따라 한참을 누워 기다렸다. 아무런 과정 설명도 없이 옆으로 돌아누우라는 지시와 함께, 다음 순간 항문을 통해 약물이 흘러 들어왔다. 조영제였다. 조영제는 묘한 느낌을 주며 대장 안으로 한참을 흘러 들어왔는데, 복부에 매달아놓은 장 주머니가 넘쳐 온몸을 적셨다. 그제서야 기사는 장 주머니가 있느냐고 묻는 것이었다. 한쪽 다리를 수술한 이유를 묻고는, 앞에서부터 시작해야 했다고 말하는 것이었다. 차트는 없나요? 하는 질문에, 차트는 안 와요, 하는 게 대답이었다. 그렇게 오래 기다리는 동안 환자가 어떤 상태인지 살펴보지도 않았단 말인가?

오물과 더불어 식은땀으로 온몸을 적시는 그 순간, 그 방 안에는 인간이 존재하지 않았다. 그저 작업하는, 마음 없는 기사가 있었고, 영혼 없는 고깃덩어리가 고통에 싸인 채 누워 있었을 뿐이었다.

좁은 화장실에서 오물을 씻어내며 어둡고 어두운 심연을 보았다. 인간의 어두움은 고통에 있는 것도 아니고, 슬픔이나 분노에 있는 것도 아니다. 그렇게 까만 어두움은 바로 무관심에 있다. 그래, 자기 자신에 대한 무관심, 나아가 인간에 대한 무관심, 생명체에 대한 무관심, 모든 이웃에 대한 무관심. 그 중 가장 심각한 것이 자기 자신에 대한 무관심. 자기 자신이 무슨 생각을 하고 있는지, 지금 무엇을 하고 있는지 살펴

보지 않는 그 철저한 소외. 어둠을 본 이 우울함은 쉽게 벗어지지를 않
는다.

아기처럼

입원 생활을 할 때 같은 병실에 있었던 양순 님과 전화로 애길 나
누었다. 얼마 전 검사 받으러 온 그녀를 병원 복도에서 만났는데, 그 이
후로 몸의 상태가 안 좋아진 것인지 목소리에 힘이 없었다. 온몸이 다
아프다고 했다. 하긴 한쪽 다리 전체를 깁스로 감싸고 있어서 제대로
움직이지도 못하고 목욕도 시원하게 할 수 없으니 몸인들 피곤함을 배
겨내겠는가. 그것을 다 감안하고서도 양순 님께 자꾸 움직이고 냉온욕
도 하라고 권할 수밖에 없었다. 아플수록 적극적으로 풀어주어야 하기
때문이다.

요 며칠 동안, 태어난 지 아홉 달 된 조카 상연이를 보며, 큰 것을
깨달았다. 이놈이 팔다리로 몸을 받치며 기게 된 것이 이틀 전 일이다.
보행기를 타지 않으면 아무 데도 갈 수 없는 부자유스러움이 이놈에게
도 무척 불만스러웠던 모양이다. 누워서 엉덩이를 들썩이며 이동하는
것은 이미 터득한 기술.

그러나 눈으로 목적지를 볼 수 없으니 때로 소파 다리 같은 곳에 머리를 찧기도 하고 그것을 피하느라 조심하다 보면 한껏 움직일 수가 없었다. 이놈의 공부는 주로 어른들이 자기 일에 분주한 낮 시간에 이루어졌다. 배를 깔고 엎드려 있다가 손을 짚고 몸을 일으켜보고, 이것이 잘 안 되면 슈퍼맨 자세를 취하고는 안타까움에 팔다리를 버둥거리곤 했다. 그러나 곧 다시 일어나 몸을 가누어보고, 배를 밀며 기어서 이동해 보기도 하는 것이었다. 누가 채근하는 것도 아닌데, 아홉 달 된 이 아이는 홀로 공부에 열중했다. 다리 반 배 반 이용해서 안방의 문턱을 넘었을 때 이놈은 가족들의 엄청난 축하를 받았다. 아이는 눈웃음을 치며 자축하는 것이었다.

그러고 나서 아이의 공부는 더욱 치열해졌다. 곧 앉을 수 있게 되었고, 어느 순간 두 손을 높이 높이 떼면서 잘 기게 되었다. 상연이는 많은 자유를 누리게 되었다. 문턱 너머에 계신 할아버지도 찾아갈 수 있게 되었고, 식탁을 준비하는 주방으로 가서 밥 달라고 재촉할 수도 있게 되었다.

아직도 아이의 노력은 계속된다. 이제 무언가를 짚고 일어서려는 몸짓이 보인다. 이 투지를 누가 가르쳤을까? 작은 아이 속에 있는 범접하기 어려운 위엄을 감지하게 된다. 이 거룩한 씨앗은 우리 모두에게

있는 것이겠지. 허나 살다보니 잊어버린 것이겠지.

양순 님께 말하고 싶다. 당신 속에 자유를 향한 계단을 하나하나 오를 수 있는 가능성의 씨앗이 있다고. 우리 모두는 아직 아이이며, 다만 끝없는 자유를 향해 걸어가고 있는 존재라는 것을.

양순 님, 우리 열심히 걸어요. 아픔을 이겨나갑시다. 우리에겐 투지가 있어요. 이미 태어날 때부터 말이에요. 그것을 기억해요, 우리.

십자수

어깨와 목에서 힘을 빼고 허리를 곧게 편다. 실을 골라 손가락으로 훑어 바늘귀에 꿴다. 하얀 천을 적당한 크기로 잘라내어 가볍게 쥐어본다. 머릿속에 그려진 영상을 다시 확인해 본다. 아직은 완성되지 않은 영상. 그저 꽃 한 송이, 풀 한 포기 정도가 떠오를 뿐이다. 그 한 송이 꽃이나 한 포기의 풀잎을 종이에 스케치해 본다. 이제 시작이다. 바늘과 손의 대화, 머리와 손의 대화, 다시 손과 하얀 천의 대화. 더 이상의 궁리는 필요가 없다. 대화는 또다시 대화를 만들고, 마치 물이 내를 이루어 강으로 가고 다시 바다로 흐르듯, 끊임없는 이야기를 만들어간다.

실을 사기 위해 십자수 가게에 들르면 으레 주인은 실 번호를 알아

오라고 말한다. 그러나 내가 실을 고르는 기준은 번호가 아니라 색상이
다. 눈으로 보면 내가 필요한 실을 집어들 수 있는데, 무에 번호가 필요
하단 말인가?

주인은 가게에 대량 구비해 놓고 판매하는 십자수 디자인에 따라
야 한다는 생각을 갖고 있다. 아무 그림 없이 수를 놓는다고 하면, 당장
그게 가능한가 하는 표정을 짓는다. 십자수는 소수의 디자이너들이 그
려놓은 패턴을 보고 올올이 세어가며 놓아야 하는 것이라는 관념이 주
인을 꽉 묶어놓고 있는 것이다.

어머니 따라 치과에 갔다가 세 명의 여자 아이를 만났다. 대기실
소파에 앉아 느긋하게 수를 놓는 폼이 아이들의 호기심을 자극했는지
아이들은 내 옆으로 바짝 다가와 앉는다.

"아줌마, 이거 뭐하는 거예요?"

"으음, 십자수 놓는 거야."

대화는 이렇게 시작되었다.

"그림 안 보고 해요?"

한 아이의 질문이었다.

"머릿속에 있는 걸. 이건 그림 그리는 것과 같아."

"아, 저는 그림이 싫어요."

나의 설명에 아이의 반응은 그랬다.

"왜 싫은데?"

"첨엔 잘 돼요. 스케치까지는요. 그런데 색칠할 땐 옆으로 삐져나가고 해서 잘 안 돼요."

정말 시큰둥한 목소리였다.

"그림이란 건 잘 되고 안 되고 하는 게 없어. 그냥 원하는 대로 자기를 표현하는 거야. 자기 맘대로 할 수 있어. 만일 색을 칠하다가 삐져나왔다면 거기서부터 재미있는 것을 그려나갈 수 있어. 누구도 너한테 이렇게 그려야 한다고 말할 수 없는 거야. 그림뿐 아니라 춤도 노래도 마찬가지야."

아이의 눈이 반짝거리며 신이 나고 있었다. 한없는 창조의 가능성을 가진 아이들이 이처럼 좁은 틀에 갇혀가는 이유는 어디에 있을까? 아이들은 엄마를 보고, 아빠를 보고, 선생님을 보고 따라서 한다. 그렇다면 아이들이 창조력을 키워가는 대신에 이렇게 해야 한다는 틀을 배우게 된 것은 바로 어른들로부터 아닌가? 우리 가슴속에 자유를 원하는 파랑새를 가둬놓은 철장이 무엇인지 바라보아야겠다. 나이가 들수록 그 철장을 더욱 탄탄하게 만들고, 그 철장문을 열고 나오는 것을 두려워하는 이유가 무엇인지 생각해 볼 일이다.

"이제 나이가 들 대로 들었는데 뭘 고쳐, 그냥 살지"라는 얘길 심심찮게 듣는다. 그러나 자유로운 창조를 시작하는 즉시, 순간이면서도 영원한 기쁨을 맛보게 된다. 십자수를 놓으며 아름다운 꿈을 꾼다. 행복을 창조한다.

삼계탕

컴퓨터 앞에 앉아 바둑을 두고 있는데 빼꼼히 문이 열리며 엄마가 들어온다. 손에 들고 있던 얼음과자를 불쑥 내밀며 "이거 먹을래?" 한다. 파란색과 흰색이 하늘빛처럼 섞인 얼음과자였다. 고개를 저으며 "아니."

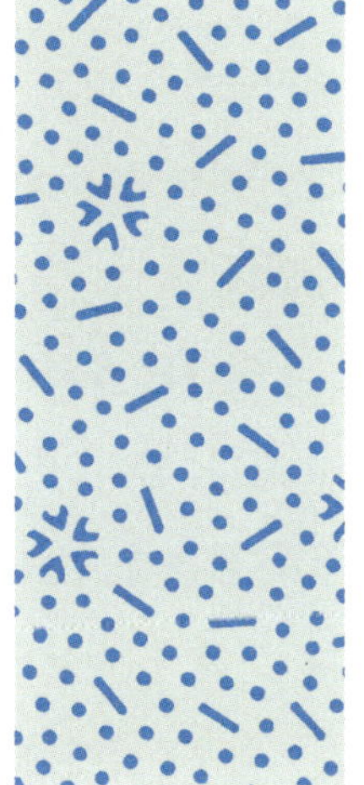

순간 매번 같은 일을 반복하고 있다는 느낌이 든다. 그랬다. 채식을 하면서 자연식 아니면 먹지 않는 내게 엄마는 과자나 아이스크림 혹은 슈퍼마켓에서 사온 시원한 오렌지 주스 등을 권하곤 한다. "엄마, 나 이런 거 안 먹잖아." 엄마에게 환기시키려는 의도로 밀을 한다. "그렇지?" 엄마는 해해하며 다시 들고 나간다. 피익 웃음이 새어나온다.

　엄마는 합리적인 사람이 아니다. 때론 아무 생각이 없는 것 같기도 하다. 오래 전 대학 입시 전날 밤에도, "우리 딸, 내일 아침엔 무슨 반찬을 해줘야 할까? 음, 미역국 끓여줄까?" 했다가 아버지에게 엄청 야단을 들었다. 미역국은 엄마가 참 좋아하는 음식이다.

　하지만 엄마는 소리 없이 챙겨주는 천사이다. 오전에 한 번, 오후에 한 번 갈아 만든 주스를 먹는 게 좋다는 얘기를 했더니, 엄마는 마치 성경 말씀이라도 지키는 듯이 꼬박꼬박 챙겨주신다. 가끔 바쁜 와중에 잊어버리기라도 할라치면 큰일이 난 듯 펄쩍 뛰곤 하신다.

　얼마 전 초복에 엄마는 귓속말로 내게 "닭 한 마리 사다가 삼계탕 해먹을까?" 하고 물었다. 고기를 안 먹는 나는 '엄마가 조심스레 양해를 구하는구나' 하는 생각에 "그래, 그렇게 해!" 하고 씩씩하게 대답해주었다.

　엄마는 육거리 장터까지 가서 촌닭을 잡아 땀을 뻘뻘 흘리며 가지고 왔다. 닭의 뱃속에 삼이랑 찹쌀이랑 마늘을 잔뜩 넣어 솥에 넣고서 폭폭 삶는데, 엄마는 뜨거운 솥 옆에 서서 또 한 번 땀을 빼는 모양이었다. 한참 후에 삶은 닭을 쟁반에 받쳐놓으며 아버지와 나를 불렀다.

　와우! 닭이 칠면조만큼이나 컸다. 바라보는 것도 힘이 들었다. 아버지는 닭이 왜 이리 질기냐며 어렵게 고기를 씹고, 나는 안 먹겠다고 고개를 살래살래 젓고…… 엄마는 속이 상한 목소리로 말했다.

"그놈의 닭장사가 내 말도 안 들어보고 냉큼 아무 닭이나 잡는 바람에…… 어이구! 이 닭이 묵은 놈이었나 봐!"

한숨을 짓는 엄마를 보고는 좀 먹어보려고 다리를 하나 집었다가 다시 놓고 말았다. 그게 쉽지가 않았다.

"엄마, 난 그냥 죽 먹을게."

엄마는 죽을 그릇에 담아주었다. 그런데 그것마저 여의치가 않았다. 엄마가 닭에서 기름을 한 번 빼주는 걸 잊었던 것이다. 느끼한 죽을 몇 술 뜨다가 결국 숟가락을 놓아버렸다.

"엄마, 고기 먹은 지가 오래되어서 못 먹겠어……"

엄마는 속이 상해 어쩔 줄 몰라했다. 하지만 배가 고픈 나는, 밥도 짓지 않은데다가 닭죽마저 제대로 못 만든 엄마가 좀 원망스러웠다. 그 때 엄마가 구겨진 백짓장 같은 얼굴로 말하는 것이었다.

"원래 엄마 아빠는 닭고기 안 먹잖아, 열 체질이라…… 너 먹는 게 하도 부실해 보여 사왔더니만……"

순간, 왈칵 눈물이 날 것 같았다. 닭고기를 좋아하지 않는 아버지 때문에 엄마는 삼계탕을 만들 기회가 별로 없었던 것이다. 엄마는 좀 엉뚱한 사람이다. 하지만 끊임없이 움직이고 항상 고민한다. 무얼 해줄까, 어떻게 하면 행복하게 해줄 수 있을까 하고.

할 말
있어요

보장구 센터에서 만들어준 의지를 장착하고 나가 보았다. 의지를 완성하고 난 후 첫 외출이었다. 마당에 풀들이 우— 하게 자라나 있어서 부득이하게 의지를 질질 끌며 목발에 기대 걸을 수밖에 없었다. 출발은 그러했지만 읍내에 나가니 그런 대로 걸을 만했다. 그간 집을 비워두어 해결하지 못했던 일들을 보러 군청과 전화국에 갔다가 알비나 씨를 만나러 카페 '에오스'에 들렀다.

늘 그랬듯이 알비나 씨는 새로운 일거리를 만들어 즐기고 있었다. 다름 아닌 문학 공부중이었다. 오십대 중반의 국문과 대학생이 되었던 것이다. 그런 그녀를 보니 내 안에서도 새로운 재미가 꿈틀댔다. 알비나 씨는 내가 자연스럽게 걷는다며 칭찬을 아끼지 않았다. 하지만 실제로 내 의지는 뻗정다리처럼 둔한 모습이었고, 익숙하지 않은 나는 몇 걸음씩 걷는 듯하다가 질질 끌고 다니곤 했다. 그래도 알비나 씨의 칭찬을 들으니 어깨가 으쓱해졌다.

　장애인 노릇은 참 쉽지가 않다. 할 일은 눈에 보이는데 몸을 제대로 굴릴 수 없으니 답답하기 그지없다. 집안 정리를 해야겠는데 이런 식으로 움직이면 몇 달은 족히 걸릴 것 같다. 마음만 바쁘고 스트레스도 이만저만이 아니다. 그럼에도 수확은 있었다. 또 하나의 세계를 알게 된 것이다.

　예전엔 장애인들을 보면 '장애인'이라는 간판이 머릿속에 먼저 떠올랐던 것 같다. 그런데 장애인이 되고 보니 그들을 볼 때 얼굴이 보인다. 장애인이라는 간판이 아닌 그들의 눈빛과 표정이 먼저 보이고, 그들의 삶에 대한 호기심도 생긴다. 장애인으로 보이지가 않는다.

　보장구 센터에서 의지를 완성하기 전 몇 주간을 뼈대만 장착한 채 걸음 연습을 했다. 그때 나는 다리 없는 말짱한 신사들을 많이 보았다. 분명 의지를 만들어 붙이고 다니면서도 잘 걷는 사람들. 조금 절룩거리기는 하지만 씩씩하고 당당하게 걷는 모습들을 보았다. 어떤 청년은 내 의지와 비슷한 대퇴의지를 하고서 스키도 타고 수영은 기본이라 했다. 내가 긴 의지를 허리에 매달고 걸음마 연습을 할 때면 신사들은 옆으로 와서 자꾸 얘기를 했디.

　"괜찮아요, 실망하지 말아요. 잘 걸을 수 있어요."

　　한번은 환자복을 입은 중년 남자가 내 앞에서 오락가락하더니 걸음 연습을 위해 설치해 놓은 보도 맞은편 의자에 앉았다. 그는 머리에 붕대를 붙이고 있고 다리엔 깁스를 하고 있어 얼핏 보기에도 큰 부상을 입은 것 같았다. 그가 입을 열어 "할 말이 있어요" 했다. 무슨 일인가 하고 그의 얼굴을 쳐다보는 내게 그가 말했다.

　　"절대 실망하지 말아요. 걸을 수 있어요. 무엇이든 할 수 있어요."

　　또 천사가 와서 내게 속삭이는 것 아닌가.

그리움

　　베로니카 집엘 들렀다. 진도로 돌아와 가장 먼저 생각난 곳이었다. 꽃 같은 베로니카의 얼굴이 떠올랐다. 그녀는 우아하면서도 귀여운 꽃, 향기 좋은 꽃을 연상시킨다. 이 세상에 피어나는 어떤 꽃과도 비교할 수 없다. 베로니카에게는 깊은 맛이 우러나는 진국 같은 남편과, 서로 개성이 다른 두 아이가 있다. 남편은 가까운 학교에서 교편을 잡고 있어 나는 그를 박 선생님이라 부른다. 박 선생님은 암 투병중이다. 폐암이었는데 지금은 뇌에 전이되어서 치료중이다. 말하자면 동병상련을 겪고 있는 처지라 내 맘속에 가장 먼저 떠올랐을 터였다.

베로니카의 집 마당은 여전히 단정하고, 갖가지 채소를 심어놓은 작은 텃밭이 살가웠다. 큰아이 규진이가 말없는 인사로 맞아주고, 뒤이어 머리숱 듬성한 박 선생님이 성큼 모습을 드러냈다. 베로니카는 부엌에서 무엇인가를 하고 있다가 슬며시 걸어 나와서는 싱긋 웃어 보였다. 박 선생님은 의지를 장착한 내가 불편하지 않도록 소파로 나를 안내했다. 그와 나란히 소파에 앉아, 그간 있었던 수술 경과와 재활 치료 과정을 자세히 이야기했다. 박 선생님도 어떻게 치료해 왔는지, 앞으로 어떤 치료와 수술을 받을 것인지를 얘기해 주었다.

그는 든든하게 조용히 흐르는 강물 같은 사나이다. 암 진단을 받고 한두 달 정도 겪었던 갈등과 절망, 그리고 그 뒤에 찾아온 수용과 초탈한 평화를 말하고 있었다.

"더 섬세해져요. 이를테면 보도블록 사이에 피어 있는 민들레를 보면서도 생명을 느끼거든요. 아, 저 작은 것도 어려운 틈바구니에서 저렇게 이쁜 꽃을 피우며 사는구나."

그는 살면서 느낀 것들을 글로 쓰는 작업을 하고 있었다.

베로니카는 카레라이스와 몇 가지 채소 반찬으로 차린 화사한 밥상을 아이들과 맞들고 들어왔다. 고기를 먹지 않는 취향도 같으니 함께 식사하는 것이 그리도 편하고 즐거울 수 없었다. 식사를 하며 베로니카는 박 선생님이 가끔 겪는 경련에 대해 이야기해 주었다. 뇌에 있는 종양 때문에 일어나는 현상인데, 처음 박 선생님이 쓰러졌을 때 놀라고 당황했던 일과, 그녀가 직장에 가고 아이들만 집에 있을 때 경련을 일으켜서 119 구급차에 실려간 일들을 자세히 말해주었다. 우리는 밥상에 둘러앉아 그 얘기를 꽤 신나게 주고받았다. 이야기를 하다보면 겪었던 여러 가지 일이 과거로 흘러가 버리고 마음은 홀가분해져 맑은 감흥만이 가벼운 날갯짓을 하게 된다.

함께 체험한다는 것, 함께 이야기한다는 것, 함께 있다는 것은 큰 즐거움과 평화를 준다. 때로 멀리 갔을 때 보고 싶어지고 다시 돌아오고 싶어지는 것은 이런 즐거움과 평화가 그리워서일 것이다.

피에로
되기

은주 씨와 전화 통화를 했다. 요즘 창업 준비로 바쁜 은주 씨가 궁금해서였다. 서로의 안부를 묻고 대답하는 사이 은주 씨는, 보조 다리로 잘 걷고 있는지를 물었다. 사실 그리 잘 걷지는 못하고 있다. 오른쪽 골반뼈가 많이 남아 있지 않아서 보조 다리는 겨우 근육 덩어리에 얹혀 있는 상태이기 때문이다. 게다가 신경의 절단된 부분이 피부 가까이에 있어 무엇엔가에 닿으면 저릿저릿 아픔이 오기 때문에 보조 다리에 전적으로 몸무게를 실을 수가 없었다. 그래도 보조 다리를 장착하고 걸으면 목발을 짚는 팔의 힘이 훨씬 덜어진다. 또 척추가 비뚤어지는 것을 막아주기도 한다.

한참 그 이야기를 하다가 은주 씨가 문득 한마디를 던졌다.

"병원에서 첨 봤을 때, 그땐 수술을 할 것인지 말 것인지를 두고 고민해야 했잖아요."

수술 전, 입원실에서 은주 씨는 옆 침상에 있던 환자의 친구로서 그의 병문안을 왔다. 고모와 수술에 대한 얘길 하고 있는데, 듣고 있던 은주 씨가 웃으며 관심을 보이던 그때가 떠올랐다.

"지금은 더 발전된 얘길 하고 있어요. 많이 좋아진 거죠."

은주 씨의 말에 고개를 끄덕였다.

"다음엔 어떤 일이 있을까, 어떤 얘길 하게 될까 기대가 돼요."

은주 씨가 뿌듯하다는 듯 얘기했다.

"꽤 괜찮은 구경거리예요?"

나의 말에 은주 씨는 그렇다고 했다.

정말 즐겁고 흐뭇한 일이다. 누군가에게 좋은 구경거리가 되어주는 것은 내가 원하는 일이다. 언젠가 읽은 헨리 나웬 신부님의 글에서 그가 사제들에게 "로마의 피에로가 되자"라고 말했던 것이 생각난다.

한 사람이 살아가면서 세상의 모든 것을 다 체험할 수는 없다. 하지만 체험을 통해 우리는 이해의 폭을 넓혀가고 지혜와 인생의 비밀을 체득해 간다. 우리는 그 체험을 우리와 관계하는 다른 사람들로부터 얻을 수 있다. 마찬가지로 나는 다른 이들에게 체험과 지혜를 나눠줄 수 있다. 되도록이면 좋은 피에로가 되었으면 한다.

기도에 대해

기도는 하느님과의 대화이다. 일방통행이 아니라 교류이다. 만남이 이루어지는 데에는 여러 단계의 과정이 필요하다.

먼저 원해야 한다. 그 다음엔 보러 가야 하고, 말을 붙여 인사를 건네야 한다. 나를 소개하고 상대방에 대해 물어야 한다. 상대의 말을 경

청하고 그가 무엇을 원하는지 알아야 한다. 먼저 그가 원하는 답을 하고 내가 원하는 것이 무엇인지 나타내면서 관계는 친밀해지고 깊어간다. 어떤 만남도 주고받음으로 이루어지듯 하느님과의 만남도 그러하다.

대개 많은 사람들이 기도를 할 때 두 손을 맞잡고 앉아 "하느님, 저는 이것을 원합니다. 도와주십시오"라고 말한다. 그러고 나서 하느님의 음성을 기다리지 않고 끊임없이 자신의 말만 되풀이하기 일쑤이다. 그렇게 해서는 하느님 근처에도 가지 못한다. '홀로 게임'일 뿐이다.

하느님을 체험하고자 한다면 먼저 간절히 원해야 한다. 그리고 조용한 곳을 찾아가야 한다. 왜냐하면 하느님은 조용한 곳에 계시기 때문이다. 그 조용한 곳은 나의 심연에 있다. 생각과 감정 또는 이데올로기가 북적거리는 도떼기시장을 헤치고 들어가야 한다. 그것을 위해 고요한 장소에 앉아 내면을 바라보는 것이다. 나의 감정과 생각, 느낌 들을 바라보면서 지나쳐 가야 한다. 가장 내밀한 곳에서 '충만한 비어 있음'을 만나게 된다. 그 속에서 대화가 이루어진다. 그것은 말로써 이루어지는 대화가 아니다. 순간, 나도 모르는 사이 열리는 혜안으로 만물을 보게 된다. 하여 대화는 찰나에 이루어지게 된다. 인생의 걸음 한 발자국마다 이 대화가 이루어지게 된다.

그러므로 항상 깨어 있어야 한다. 이것은 마치 하느님과 구슬치기

하는 것과 같다. 하느님이 한 번 치시고 "너 할 차례야" 하시는데 못 알아듣고 "당신만 믿습니다. 알아서 하소서" 하고 우두커니 서 있다면 이 게임은 계속 이어질 수 없다. 하느님도 이 게임을 멈추실 것이며 마침내 떠나실 것이다.

돌아보아야 할 것들

영혼의 충만함을 체험한 사람은 영혼의 메마름이 무엇인지도 안다. 불안에 휩싸일 때, 왠지 모를 두려움이 엄습할 때, 답답하고 희망이 보이지 않을 때, 외로울 때, 누군가가 원망스러울 때, 바삐 무엇이라도 해야 한다는 강박에 짓눌릴 때, 아름다운 것을 보고도 감흥이 일어나지 않을 때, 찾아오는 사람이 반갑지 않을 때, 새로운 것에 대한 기대감이 일지 않을 때…… 이러한 순간을 대면할 때엔 반드시 돌아보아야 할 것이 있다.

하루 중 영혼의 눈을 뜨고 깨어 있는 시간이 얼마나 되는가. 얼이 빠져 있는 시간이 많았다면 영혼은 가슴속에서 움츠리게 된다. 그땐 습관적으로 행하는 모든 것을 끊고 내면의 눈을 떠 자신의 모든 생각과 말과 행위를 바라보며 행해야 한다.

거기에 '아무것도 하지 않는 고요한 명상'을 보태면 영혼은 충만함으로 회복된다. 평화는 영혼의 본모습이다.

평화의
집

오늘은 눈이 하얗게 내렸다. 자동차들이 드물게 엉금엉금 기어간다. 길이 미끄러운 것이다. 정자리에 사는 말숙이는 오늘도 '평화의 집'엘 갔을까? 전화해 봐야겠다.

다들 "막내, 막내" 하고 불러서 이름이 막내인 줄만 알았는데 그 친구는 스물아홉 살 난 처녀 말숙이었다. 다운증후군을 안고 태어난 말숙이는 제대로 돌봄을 받지 못하고 자란 탓에, 지능이 더 자랄 수 있었을 텐데도 아주 어린 시절에 머물러 있다. 한 다섯 살 정도나 될까? 게다가 잘 씻지 못해서 이나 피부도 많이 상해 있다.

말숙이에겐 소아마비를 앓는 오빠와, 날마다 일을 다니는 어머니가 있다. 어머니는 오빠에게 마음을 쏟는 데도 힘이 부쳐 말숙이에겐 별 신경을 못 쓰는 편이고, 상처가 많은 오빠는 말숙이를 때리기가 일

쑤이다. 마을의 남자들은 말숙이를 데려다 희롱하기가 예사였다.

이런 말숙이가 어떻게 알았는지 혼자서 성당에 나오기 시작했다. 그리고 몇 년 전, 말숙이에게 마음을 써주시던 신부님이 세례도 주셔서 어엿한 가톨릭 신자가 되었다. 처음 그곳 공소에 가서 미사를 드리던 중 조용한 기도 시간에 갑자기 무슨 생각이 났는지 욕설을 해대던 말숙이가 떠오른다. 내 곁에 앉아서 무엇인가를 쉼 없이 중얼대기도 했다. 그때는 말숙이의 냄새가 미사에 집중할 수 없게 만들어 곤혹스럽기도 했다.

그런데 두 달 전 평화의 집엘 갔을 때 말숙이는 그야말로 말끔한 모습으로 그곳 식구가 되어 있었다. 안나 씨와 아가다 씨가 열심히 씻겨주고 입혀준 덕분이었다. 처음엔 이곳 가족들도 말숙이를 받아들이기 힘들었지만, 그곳의 가장인 멜라니아 씨의 결단으로 매일 찾아오는 말숙이를 보살펴주기로 한 것이다. 양치질과 목욕을 시키고 악취의 원인이었던 귀의 염증도 치료하면서 말숙이는 함께 있어도 편한 사람이 되었다.

평화의 집은 다리를 쓰지 못하는 멜라니아 씨와 안나 씨와 아가다 씨 그리고 연세가 많으신 마리아 할머니가 한 가족을 이루며 살아가는 그룹 홈이다. 안나 씨와 아가다 씨는 비슷한 또래로 간혹 서로 갈등을 일으키기도 했다. 하지만 안나 씨가 말숙이를 돌보며 사랑을 체험하면서 이 집은 말 그대로 평화의 집이 되었다. 비록 누워서 지내는 몸이지만 멜라니아 씨는 강한 힘을 가지고 있다. 끊임없이 평화의 힘을 뿜어낸다. 그리고 보살핀다.

말숙이는 멜라니아 씨에게 "선생님, 나 다시 선생님한테 올 거야" 하는 다짐을 되풀이하며 자기 집으로 돌아간다. 말숙이가 평화의 집엘 오는 일은 그리 쉽지 않다. 주변의 모든 이가 가지 못하도록 말린다. 가면 폐가 된다고. 그 만류를 뚫고 말숙이는 사랑과 평화를 찾아 달려온다. 멜라니아 씨는 그런 말숙이를 가리켜 '승리자'라며 웃는다.

이 세상에서 삶을 산다는 것의 의미는 무엇을 열심히 하는 데 있는 것이 아님을 선명하게 알 수 있었습니다. 그냥 존재 자체, 함께 이야기하고, 때로는 그저 눈을 마주치는 것만으로, 아니면 조용히 숨을 나누어 쉬는 것만으로도 삶의 의미가 충분하다는 것을. 아니, 오히려 그처럼 고요하게 생명의 존재 자체를 나누는 것만이, 그 기쁨을 누릴 줄 아는 것만이 삶의 의미가 된다는 것을 알 았습니다.

암과 함께한 좋은 날들 ....

암과 함께한
좋은 날들 1

　몇 년 동안 몸 안에 둥지를 틀고 자라던 종양이 컴퓨터 사진을 촬영해 보니 사라졌다. 이 사실은 가족들과 벗들에게 즐거운 소식이 되어 주었다. 하지만 이미 한 달 전부터 암으로부터 몸이 벗어났다는 확신이 들었다. 그리고 그 소식을 고모와, 안부를 묻는 지인들에게 이야기해 주었다. 눈을 감으면 아주 가만히 느낌으로 다가오는 메시지가 있다.

　어떤 이에게는 암에 걸렸다는 것이 불행한 소식이 될 수도 있겠지만, 6년 전 암 진단을 받은 나에게 그것은 희소식이었다. 그동안 움켜쥐고 있던 짐들을 다 내려놓고 쉴 수 있는 절호의 기회였던 것이다. 사실, 알고 보면 내가 움켜쥐고 있었던 것은 비어 있는 작은 주먹 하나뿐이었지만 말이다.

　나는 한 단체를 통해 몸과 마음의 수련을 시작했다. 잔잔했던 겉생활과 달리 내 마음에는 상처가 많았고 인간 관계 속에서 가슴속엔 늘 소용돌이가 쳤다. 겉으론 당당한 모습이었지만 그 뒤에는 스스로를 무능하고 가치 없다고 자책하는 자아가 도사리고 있었다. 몸도 마음도 지치고 피곤했다. 그러한 것들을 해결하는 길로 찾은 것이 몸과 마음의 수련이었다.

수련을 시작하면서 내 마음속 한편에는, 멋지고 강한 사람이 되겠다는 목표와 소망이 자리 잡고 있었다. 목표는 나를 몰아붙이는 힘이 되었다. 어떤 훈련도 나를 두렵게 하지 못했다. 허약했던 육체도 일으키고 또 일으키니 마음이 원하는 대로 잘 움직였다. 나태한 생각이 들어오면 바로 물리치고 해야 할 일을 계획하고 움직이는 쪽으로 만들어 갔다. 몸과 생각을 조절할 수 있게 되었다. 잡념이 없어지고 단순해지자 명상이 깊어졌다. 그 속에서 우주를 체험하는 것은 일상이 되었다. 눈을 감는 것이 가장 행복한 일이 되었다.

그러나 단체의 일은 그리 순탄하지 않았다. 내 눈에 여러 가지 비합리적인 일들이 비쳤다. 사람을 먼저 생각하지 않고 목표와 틀을 만들어놓고 거기에 사람을 끼워 맞추는 방식으로 운영되고 있어서, 간혹 나 자신조차 원하지 않는 일을 하고 있는 것을 발견하곤 했다. 가슴 아픈 일이 많아졌다.

그러나 내 마음속에는 판에 박힌 단체의 성향을 조금씩 바꾸어갈 수 있다는 희망이 있었기에, 지구상의 일이라면 어디에나 그런 부조화쯤은 있을 수 있다고 생각했기에, 부지런히 그 안에서 내 길을 걸었다. 즐겁고 아름다운 교류도 많았다. 그런 교류를 통해 나의 오랜 습관을 발견하고 바꾸는 과정이 지속되었다.

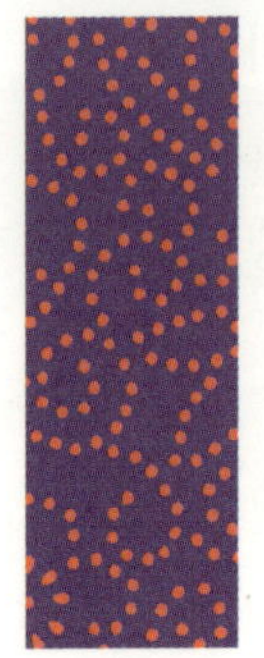

하지만 단체의 모습은 변화하지 않았고 내 고민도 깊어졌다. 단체가 커지고 나름대로 체계가 생기면 그 자체가 하나의 생명체처럼 굴러가며 개성이 생긴다는 것을 알았다. 거기에다가 가까이 가서 본 스승은, 기쁨이 아닌 분노의 모습을, 자애가 아닌 미움과 복수의 표정을, 조화가 아닌 독선과 아집을 보여주었다. 그것은 청천벽력과 같았다.

나는 목표를 세웠지만 가는 길을 몰랐다. 그 길을 가는 데엔 스승이 필요한데…… 갈 길이 막막해졌다. 이것이 끝은 아님은 알겠는데, 그 다음 발걸음은 어디로 내디뎌야 하는가. 나의 의지는 강해져 있었지만 나는 자유롭지 못했고 행복하지도 못했다.

고민과 갈등은 가슴을 황폐하게 했고 몸의 건강도 기울게 했다. 사람들과의 관계도 삐걱거렸다. 허무의 벼랑까지 가 있었던 것이다. 사는 것도 죽는 것도 모두 무의미했다. 말하자면 진정한 사망 상태였던 것 같다.

점차 몸을 일으켜 앉을 수조차 없게 되었고, 밤엔 잠을 이룰 수 없게 되었다. 마침내 몇 년간의 외국 생활을 접고 고국으로 돌아가기로 결심했다.

돌아오자마자 병원으로 갔다. 그리고 받은 진단이 암 말기라는 판정이었다. 그 진단 앞에서 내 얼굴에는 안도의 웃음이 새어나왔다. '야호! 이젠 나에게도, 다른 누구에게도 핑계대지 않고 쉴 수 있다! 선택할 필요도 없다. 쉴 수밖에 없다!'

병원 생활은 새로운 경험이었다. 실로 오랜만에 사람 사는 세상으로 돌아온 것 같았다. 검사하느라 금식하고 준비하는 과정은 아기자기한 놀이 같았다. 검사 기구들도 찬찬히 살펴보니 재미난 구조로 되어 있었고, 그것을 발명하고 만들어낸 사람들의 사랑과 정성을 품고 있었다. 예전엔 무시하고 고개 돌렸던 물질적인 것들이 아름답게 다가왔다. 의사와 간호사, 직원들과 입원실 환자들, 방문객들의 움직임 하나하나가 새롭고 예쁘고 사랑스러웠다. 병원 침대 위가 이처럼 행복하다니, 천국은 따로 있는 것이 아니었다.

수술을 하고 퇴원을 했지만 골반에 전이되어 크게 자리 잡은 종양은 쉽게 치료되지 않았다. 먼저, 의사들이 의약 분업에 반대하는 파업을 하느라 분주해지자 진이된 종양을 제대로 발견하지 못했고, 나중에 발견하고서도 별 조치를 하지 않았다. 또 다른 병원으로 옮겨 이런저런 치료를 받았지만 그때마다 병소病所는 오히려 더 커졌다. 마침내 진통제 처방을 받아가지고 집으로 돌아왔다.

하지만 종양은 하루가 다르게 커져갔다. 큰 근육과 신경이 지나는 곳이다 보니 통증도 이루 말할 수 없었다. 그렇지 않아도 가느다란 몸은 더욱 야위어 뼈와 가죽만 남아 앙상해졌다. 밤새 잠을 이루지 못하니 낮에 누워 지내는 시간이 길어졌다. 내가 할 수 있는 일이 아무것도 없었다. 누워서 커다란 유리창을 가득 채운 하늘을 바라보며 지냈다. 햇살이 투명하고, 구름이 아름다웠다. 구름은 시시각각 다른 모양의 그림을 그려주었다. 그렇게 누워 구름을 바라보는 것이 행복했다. 그렇다, 행복했다!

문득 놀라웠다. 내가 행복하다니! 아무것도 할 수 없어 손을 놓고 지내는 내가 행복하다니. 행복하다는 사실을 깨닫자 온몸에 전율이 흘렀다. 존재는 그대로가 행복이었다.

암과 함께한 좋은 날들 3

아픔이 극심했지만 다행히도 바둑을 두면 그것을 전혀 느끼지 못했다. 나는 컴퓨터를 가지고 자주 밤샘 바둑을 두었는데, 나처럼 잠을 이루지 못하고 밤을 지새우며 바둑을 두는 사람이 여럿 있다는 데 놀랐다. 상대방에게 무조건 고마운 마음이 들었다. 그가 아니었다면 그 긴 밤의 통증을 홀로 다 감당해야 했을 것이다. 그와 나는 예기치 않게 서로에게 위안을 주고 있었던 것이다.

나에게 감사의 샘물이 넘쳐나도록 해준 이들이 많았다. 기도 모임을 하며 속이야기를 나누고 속사랑을 키우며 기쁨을 함께했던 벗들이 있었다. 나는 암으로 인해 곧 죽을지도 모른다는 것을 무기로 해서 기도 모임을 자주 가졌다.

또 농사를 짓는 할머니, 할아버지 친구들이 있었다. 그들은 지혜와 지식의 차이를 명백히 보게 해주었고, 인간의 진정한 품위가 무엇인지 느끼게 해주었다. 따뜻한 연민으로 나의 작은 몸을 안아주고 어루만져주었으며, 그들의 죽음은 삶의 한 과정처럼 지극히 자연스러웠다.

인터넷을 통해 만난 여러 벗도 있다. 먼 길을 달려와 관심과 사랑을 보여주었으며, 생각과 마음을 나누고 소소한 생활의 면면까지도 같이했다. 그러한 교류는 생명을 느끼게 해주었다. 교류 자체가 생명이었다. 생명은 몸에 갇혀 있는 것이 아니었고, 내 몸이 겪는 아픔도 결코 단절되어 있는 것이 아니었다. '얼마나 사랑스러운 분신들인가!'

아픔 때문에 앉지도 눕지도 못하고 서성거리면서도 마음은 고통에서 멀었다. 여전히 숨은 감미로웠다. 눈을 떠서 거울을 보면 몹시 기울어진 몸이었지만 눈을 감으면 나는 지극히 건강했다. 그 느낌이 몹시도 이상해서 자꾸 눈을 감아보곤 했는데, 그럴 때마다 나는 너무도 건강한 사람으로 느껴졌다. '참 희한하다!'

멋지고 강한 사람이 되겠다는 목표로 마음 공부를 시작했지만 나는 허무의 벼랑 끝으로 갔고, 이제는 형편없이 기울어진 몸을 가지고 아무것도 할 수 없게 되었는데 돌연 내 자신이 아름답고 거룩하게 느껴졌다. 내면에서 솟구치는 기쁨이 떠나지 않았다.

간혹 아침 햇살을 이마에 받으며 "주님, 기쁨의 바다이신 당신 품으로 영원히 데려가 주세요"라는 기도를 올리곤 했다. 그런데 기도 끝에는 그것이 현실화되기엔 아직 좀 멀었다는 느낌이 오곤 했다. 그러면 다시, "내 몸이 쓸모가 있을까요? 매일 커지는 종양을 보면 이 몸이 그다지 쓸모 있을 것 같지 않아요. 누워서 가만히 있어야 할지, 일어나서 새로운 만남을 가져야 할지 헷갈립니다. 이 둔한 감각으로도 알 수 있는 방법으로 대답을 해주십시오"라는 기도를 올렸다. 아무 대답도 느껴지지 않았다. 어떻거나 만남도 삶도 계속되었다.

2003년에 우연한 기회로 한 암센터를 알게 되었다. 통증을 줄여볼 요량으로 그곳에 입원하게 되었는데, 치료 방법은 수술뿐이었다. 수술이 가능하다니 다행이라는 생각이 들었다. 그리하여 골반의 절반을 쪼개어내는 수술을 받게 되었다. 그것은 놀라운 체험들을 가져다주었다.

오른쪽 골반과 다리가 없어져서 나의 거동은 더 불편해졌다. 몇 달 동안을 침대에 붙박여 지내야 했다. 그렇지만 나는 훨씬 자유로워졌다. 내 몸을 부끄러움 없이 다른 사람에게 내맡길 수 있었다. 모든 도움의 손길을 자연스럽고 즐겁게 받아들였고, 그 손길들은 바로 나의 것임을 뼛속 깊이 알 수 있었다. 남은 존재하지 않았다.

병실의 벗들은 바로 나의 분신이었고, 각자가 가져야 할 체험들을 충실히 겪고 있었다. 곁에 누워 있던 많은 벗들이 차례로 육신을 벗었는데, 그렇게 함으로써 그들은 삶과 죽음을 하나로 엮어주었다. 덕분에 죽음은 나와 친해졌고 내 안에서 하나가 되었다. 병실을 천국으로 만들었던 벗들의 얼굴을 하나하나 떠올려본다. 그 얼굴들이 웃고 있다.

수술한 몸이 회복되자, 몸에 살도 붙고 기운도 생겼다. 가슴에 지녔던 꿈이 되살아나, 그것을 향해 한 걸음 내딛으라는 충동이 문을 두

드렸다.

먼저 흙집을 짓기로 했다. 명상 모임을 열 장소가 필요해서였다. 집 지을 돈도 없고 마땅히 도와줄 이도 없어서 일이 어떻게 진행될지 알 수 없었지만 무작정 시작했다. 마침 일을 돕겠다는 이가 있어 그것을 실마리삼아 시작한 것이다. 그러고 나서 내가 할 수 있는 일은 지켜보는 것뿐이었다.

집 짓는 일에는 여러 사람의 관계가 얽혀 있어, 그 관계가 삐거덕거릴 적마다 집 짓는 일도 멈칫거렸다. 그렇지만 재미있는 사실은, 일이 꾸준히 진척되었다는 것이다. 집 짓는 일에 서툰 사람들이 모여서 뚝딱거렸으니 상식적인 눈으로 바라볼 땐 속 터지는 일이었다. 사람들은 걱정하고 수군거렸다. "집이 제대로 지어질까?"

집이 지어지는 중에 수술로 다 제거하지 못했던 종양이 다시 커져 재수술을 하게 되었다. 그 시기에 암 환우들을 위해 사랑의 쉼터를 만든 안기순 님을 만났다. 쉼터는, 지방에서 서울로 올라왔지만 입원을 할 수 없는 환우들이 거처하면서 외래 진료를 받을 수 있도록 하기 위해 마련된 곳이었다.

나는 첫 번째 수혜자가 되어 그곳에 기거하면서 방사선 치료를 받게 되었다. 그 동안에 안기순 님은 다른 환우들과 만남을 갖도록 해주었다. 그렇게 해서 사랑의 쉼터 모임이 생겼다.

모임에서는 영적 나눔이 주가 되었다. 그것은 안기순 님과 내가 원하는 것이었고, 다른 벗들도 원하는 것이었다. 모임은 내게 역할을 알려주었다. 그것은 아픈 이들과 함께하는 것이었다. 아픈 이들은 지극한 행복의 문 앞에 있는 사람들이란 걸 깨달았다.

치료를 마치고 돌아오자 나는 집을 마무리 짓는 일과 모임을 시작하는 일로 분주해졌다. 그 기간에 테마를 갖는 생태 공동체를 구체적으로 꿈꾸기 시작했다. 생태적인 삶과 대안 의학이나 대안 학교 등에 관심을 가진 이들도 만나게 되었다. 사람들과 만나 생각을 공유하는 일이 잦아졌다. 오래전부터 평화롭고 창조적인 삶의 형태는 무엇일까, 하는 물음을 지녀왔던 터였는데, 그 첫걸음으로 작은 생태 공동체가 적당하다는 생각이 들었다. 게다가 내가 사는 진도는 산과 바다와 들이 어우러진 곳이어서 이러한 공동체를 이루기에 아주 좋은 장소라는 느낌이 들었다. 마침 군에서 추진하려는 아리랑 마을이나 예술인 마을 등의 계획이 있어, 그것과 어우러지도록 일을 진행할 수 있을 것 같았다.

그 사이 나는 한 번 더 항암제 치료와 방사선 치료를 받았다. 그 시기에는 공동체를 함께 이룰 벗들을 확인할 수 있었다. 꿈이 아주 구체화된 것이다. 더욱이 그 꿈이 자연스럽게 현실화될 것임을 명백히 알게 되었다. 우리의 깊은 꿈은 무엇이나 이루어진다.

종양이 있고 없고 하는 경계는 없다. 그것은 많은 체험들 중의 하나로 다가와서 특별한 선물들을 남기고 지나갔다. 그렇다 해도 그것은 여전히 내 안에 있다. 두려움이나 고통, 질시나 회한과 같은 감정들과 함께 기억의 창고 속에 다소곳이 누워 있다. 이제는 그곳에서 나의 도구들이 싱긋 웃음을 보내고 있다. 눈을 감으면 감미로운 평화 속에 모든 것이 녹아 들어간다.

보조를
맞추다

오늘 저녁은 카레라이스. 내 가장 자신 있는 요리이다. 물론 매우 쉬운 요리이기도 하다. 그렇지만 영양 만점에, 맛도 좋고 반찬도 많이 필요 없는, 우리 집 최고 인기 음식 중 하나이다. 오늘은 주방에 있는 채소가 감자, 고구마, 양파, 토마토, 호박, 거기다가 친구가 보내온 감. 이것이면 맛깔스런 카레라이스를 만들 수 있다.

재료들을 다듬어서 조그맣게 깍둑썰기를 한다. 기름을 좋아하지 않는 내 식성에 맞추어, 맹물에 재료들을 넣고 푹 삶는다. 커다란 냄비

속에서 채소 익는 냄새가 구수하게 새어나온다. 일단 불을 끄고 카레 가루를 조금씩 넣으며 휘휘 젓는다. 잘 녹여야 하니까 가루를 한꺼번에 넣으면 안 된다. 어느 정도 적당한 농도가 되었다 싶으면, 나무 주걱으로 냄비 바닥을 긁어주면서 더 끓여야 한다. 카레 냄새가 향긋하다.

바깥에선 수환과 영환이 집터를 다지고 있다. 아담한 황토방을 두 채 지으려 한다. 귀틀집 형태의 구들방을 만들 것이다. 집 이름은 '장미의 집'인데, 내 친구의 이름을 딴 것이다. 친구는 그 집의 재료비를 후원하기로 했다. 장미의 집에 나지막한 울타리를 치고, 이름에 걸맞게 넝쿨장미를 심을 것이다. 얼마나 예쁠까! 하하, 저절로 웃음이 나온다.

수환과 영환은 일을 하고, 고모는 하던 일을 마치고 샤워중이고, 때에 맞춰서 나는 저녁을 준비하고. 이 시간이 행복하다. 이 행복은, 누군가와 함께 길을 걸으며 그의 걸음걸이에 나의 발걸음을 맞출 때의 행복이다. 혼자선 맛볼 수 없는 이 행복.

보조를 맞춘다는 것은 창조이다. 그것을 위해선 먼저 함께하는 사람들을 잘 살펴야 한다. 전체를 보아야 한다. 그리고 그 가운데에서 내가 무슨 역할을 했을 때 모두가 가장 행복할지 가늠해 보아야 한다. 그러고 나면 비로소 가장 자연스럽고 흡족한 역할을 할 수가 있다.

그러나 먼저 뜻이 같아야 한다. 서로 뜻이 달라서는, 서로 다른 역할들이 함께 모이는 점을 찾을 수가 없다. 그렇게 되면 어떻게 해도 결코 모두가 행복해질 수 없다. 뜻을 같이하는 공동체가 있다는 것은 정말 큰 축복이요 기쁨이고 힘이다. 해서, 나의 공동체 가족들에게 보조를 맞추는 것은 한없는 즐거움이다.

우리는 점점 더 큰 뜻에 자기의 뜻을 맞춤으로써 기쁨을 크게 하는 노정에 있는지 모른다. 가족의 뜻이 하나로 모이면, 기쁨의 크기는 그 가족 공동체의 크기만 할 것이다. 그 뜻이 더 큰 공동체의 뜻과 일치하면, 그 기쁨의 크기는 그 공동체가 공유하는 기쁨의 크기만 할 것이다.

깨달음이란 영원히 변치 않을 우주의 뜻을 알고 거기에 함께하는 것 아닐까. 그 뜻에 머리와 가슴을 두고, 역할과 재능을 조율하는 것은 끊임없는 기쁨을 줄 것이다. 그 하나의 뜻에 굳건히 뿌리박은 채, 끝도 없는 변화에 보조를 맞추는 창조 작업이기 때문이다. 어떤 만남에도 그 발걸음을 조율할 것이기에, 그것은 다툼 없이 조화로울 것이다. 하하, 이런 생각을 떠올리는 것만으로도 즐겁다.

이제 수환과 영환이 들어와 샤워를 시작하고, 고모는 주방으로 나와 반찬을 챙기기 시작한다. 나는 이제 주방에서 물러나와 허리를 쉬게 해주면서 식탁이 차려지기를 기다리면 된다. 맛있는 저녁 식탁을 생각하니 군침이 나오고 웃음도 나온다.

진이의 사랑

진이가 새끼를 배더니 더욱 과묵해진 듯하다. 그전에는 가족들 중 누구라도 문 밖을 나설라 치면, 궁둥이가 보이지 않을 정도로 꼬리를 내저으며 반갑다는 인사를 했는데, 이즈음엔 그저 앉은 채로 꼬리를 살랑거릴 뿐, 냉큼 일어서려 하지 않는다. 그만큼 몸이 무거워졌다는 증거이리라.

그런데도 이놈의 결벽증은 사라지지 않아서, 집 주변엔 절대 배설을 하지 않아, 하루 2~3번은 배설을 위한 산책을 나서야 한다. 요즘 들어 진이의 산책 담당은 영환이가 되었다. 진이도 그것을 눈치 챘는지, 영환이만 보면 꼬리를 궁둥이에 찰싹 붙이고 종종걸음을 치며 산책 가자고 조르곤 한다.

진이에겐 각기 다른 역할을 가진 친구들이 있다. 영환이는 산책을 같이하고 먹을 것을 주는 친구, 고모는 몸을 쓰다듬어주고 진드기나 벼룩을 잡아주는 친구, 수환이는 짓궂게 장난치는 친구, 그리고 마지막으로 나는 맞먹는 친구.

고모가 진이를 쓰다듬을 때, 진이는 벌렁 누워 온몸에서 힘을 다빼고 눈을 감는다. 다리를 이리저리 젖히면서 진드기를 찾아도, 죽은 것처럼 가만히 누워 있다. 머리를 위로 올렸다 내렸다 하고, 다리를 들어 올려 몸을 왼쪽 오른쪽으로 돌려놓아도, 그저 알아서 하십시오, 하며 미동도 하지 않는다. 그 모습은 진이가 얼마나 고모의 손길을 신뢰하는지 적나라하게 드러내준다. 옆에서 그것을 보고 있노라면, 전적인 신뢰가 사랑이라는 것을 깨닫게 된다. 진이는 말없이 사랑한다.

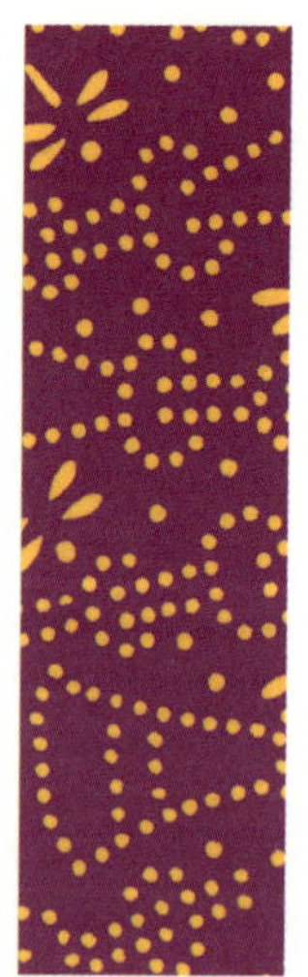

진이와 수환이가 어떻게 사귀고 있는지는 잘 모른다. 어쨌거나 진이는 내게 친절하다. 나는 진이에게 밥을 준다거나 산책을 시켜주지 못한다. 그래도 춥지 않은 날 아침, 마당에 나서서 댓돌 위에 앉으면, 진이는 꼭 내 옆에 나란히 앉는다. 진이가 댓돌 위에 올라앉기 때문에 우리는 얼굴을 마주보게 된다. 그렇게 마주보다가 그 입으로 대뜸 내게 기습적인 입맞춤을 하는 때도 있다. 내가 몸 안의 소리로 〈어메이징 그레이스〉나 〈아리랑〉 같은 노래를 부르면, 진이는 눈을 지그시 감았다가 다시 뜨고 건너편 산을 바라보았다 하며 같이 명상을 한다.

진이와 나란히 앉아 있으면, 녀석과 내가 똑같다는 것을 알게 된다. 녀석은 내 눈길에 자신의 눈길을 그윽하게 포개어놓을 줄 안다. 그리고 "진이야, 너 나랑 똑같다" 하고 말하면, 당연하다는 눈빛으로 잠시 내 눈을 응시하다가 고개를 돌려 앞을 바라본다.

우리는 그렇게 앉아 있다가 같이 방귀를 뀌기도 한다. 진이도 태연하고 나도 태연하다. 다만 좀더 재미있어진다. "진이야, 너도 방귀 뀌냐?" 하고 놀리면, 진이는 "그래서 뭐?" 하는 표정으로 냉정하게 고개를 돌리거나, 콧방귀를 홍 하고 뀌어서 내게 콧물을 튕긴다.

우리의 시간은 그래도 역시 쓰다듬기로 마무리지어진다. 진이는 내가 쓰다듬기 좋은 위치에 엉거주춤 서준다. 콧잔등에서 이마, 목덜미, 앞 목, 등, 배, 다리, 꼬리까지 쓸어준다. 다 끝나면 진이는 손을 핥아준다. 둘 다 충분한 시간을 가졌다는 것을 알면, 나는 집 안으로, 진이는 적당한 나무 그늘로 각자 자기의 자리를 찾아 돌아간다. 마당에 어른거리는 신이의 하얀 그림자는 마음을 윤기 나게 한다. 녀석이 품은 사랑 때문일 것이다.

입

　진이는 어제부터 꼬박 이틀 동안 두문불출이다. 여덟 마리의 새끼들을 품에 안고 있기 때문이다. 어제 아침, 혼자서 새끼를 낳았다.

　우리 가족들은 여느 때처럼 모여 앉아 아침 묵상과 나눔 시간을 갖고 있던 참이었다. 문득 밖에서 낑낑거리는 소리가 들려 우르르 나가보니, 길국 아저씨가 나무판자로 만들어주신 진이의 커다란 새 집 안에 글쎄, 진이 혼자만 있는 것이 아니었다. 언뜻 보니 어두운 색깔의 털뭉치들이 진이의 배와 가슴 언저리에서 굼실거리고 있었다.

　진이의 해산일은 이달 말경으로 알고 있었는데, 그러고 보니 우리가 진이를 개 농장에 보내어 진이와 색깔이 같은 백구와 맺어주기 전에, 진이는 다른 신랑을 갖고 있었나 보다. 그러니 검은 강아지들이 더 많이 태어난 게지. 어찌되었건 간에, 어느새 이렇게 큰일을 해냈을까? 감쪽같이!

　진이는 아주 오래전부터 그래왔다는 듯이 태연자약한 모습으로 낑낑대는 강아지들을 모두 품에 안고, 연신 그들의 몸을 핥아주고 있었다. 강아지 수를 세어보니 흑구가 여섯 마리, 백구가 두 마리, 모두 여덟 마리였다. 진이의 젖꼭지는 일곱 개밖에 안 되는데 여덟 마리가 모두 젖을 먹으려면 쉽지 않겠구나 싶었다. 하지만 진이가 하는 양을 보니, 걱정하지 않아도 될 듯했다. 다른 형제들에게서 떠밀려 품에서 멀어진 녀석이 있으면, 진이는 턱을 길게 내밀어 녀석을 끌어당기고는 몸을 틀어 녀석에게도 기회를 주는 것이었다. 그렇게 하다 보니 집 안에서 진이의 몸은 일정한 시간 간격으로 한 바퀴 빙 돌게 되어 있었다.

진이의 얼굴은 눈곱이 끼고 얼룩이 묻어 여느 때와는 달리 지저분해 보였다. 그래서일까, 좀 지쳐 보이기도 했다. 하지만 진이에게는 얼굴을 닦을 시간이 없었다. 여덟 마리의 새끼들이 배설하는 분비물을 핥아주어야 했기 때문이다. 돌아가며 씻겨주어야 집 안을 청결히 유지할 수 있기 때문에, 진이는 혀가 닳도록 새끼들을 닦아주고 있었다.

짬을 내어 밖으로 나와 밥을 먹는다는 건 생각도 못할 일 같아 북어국에 사료를 말아 진이의 머리맡에 놓아주니, 새끼들에게 젖을 물린 채 머리를 모로 돌려 겨우 국물만 핥아먹었다. 가족들을 보기만 하면, 귀를 눕힌 채 머리를 조아리며 어리광을 하던 진이는 어디 갔을까? 집 안으로 고개를 들이밀고서 "진이야!" 하고 부르는 나를 진이는 표정 없는 눈으로 그저 흘끗 바라보고 나서 새끼들에게 시선을 돌렸다.

진이의 입은 참 거룩해 보였다. 침묵하는 그의 입은 새끼들 하나하나를 놓치지 않고 사랑해 주고 있었다. 새끼들의 엉덩이에서 나오는 똥과 오줌을 받아먹는 그의 입은 얼마나 정갈한가! 더럽고 깨끗함을 분별하면서, 더 강한 자극과 쾌락을 찾고, 무료함을 달래기 위해 온갖 소음을 만들어내는 인간의 입을 생각하면, 진이의 입은 비할 바 없이 아름답기만 하다.

창조와
배설

　아주 오랜만에 이웃 화가 선생님이 놀러오셨다. 이곳 섬에서 태어나, 청소년 시절까지 여기에서 보낸 그의 뇌리에는, 가난했지만 아름다웠던 기억이 빼곡히 들어차 있다. 그러한 기억들은 그의 그림에 동화처럼 펼쳐진다. 그래서 그 그림들을 들여다보면, 산 속에 혼자 팔베개를 하고 누운 그를 볼 수 있고, 하늘을 수놓는 물새들의 군무와 다정다감한 무인도들, 뱃사공, 큰 뿔 달린 사슴, 젊은 가슴을 그득 채웠을 아름다운 여인의 상, 반쪽이 없는 외로운 그의 자화상을 볼 수 있다.

　10여 년 동안 폐교를 가꾸어 이제는 얼추 미술관으로서의 면모를 갖추어가고 있는 보금자리에서, 그는 사람들에게 들키지 않을 비밀 쪽방 속에 은둔한 채 그림을 그리고 있다. 그동안 그렸던 그림들을 표구해서 하나하나 벽에 걸면서 그의 입에서는 이런 말이 새어나왔단다.

"아! 참 아름다운 배설이구나!"

그것은 정말 정확한 표현이라 생각되었다. 대개의 예술 작업은 기억과 감정 들의 배설 작업이다. 그를 통해 예술가의 마음은 정화되고 있는 것이리라. 참으로 아름다운 일이다. 그러나 혹여 그것이 배설 작업에 그친다면, 마음의 완전한 조화와 승화는 이루어지지 않는다.

마음속에는 엔진이 두 대 작동하고 있다. 어떤 엔진이 작동해서 생각을 만들어내는가에 따라 마음은 그 구조가 매우 달라진다. 한 대의 엔진은 육체에 한정된 자아를 위해 움직여, 모든 생각들이 그 작은 틀 위주로 생산된다. 그래서 작은 틀을 이롭게 해주는 듯하면 그 누구라도, 그 무엇이라도 호감의 대상이 되고, 작은 틀에 맞지 않는 것 같으면 그 누구라도, 그 무엇이라도 비난의 대상이 되는 마음의 구조를 갖게 된다. 이 엔진이 생산하는 감정은 두려움이며, 또한 거기에서 파생되는 불신, 미움, 분노, 원망, 소외감 등이다. 이러한 감정의 생산을 멈추지 않는 한, 배설이 계속된다 해도 그것은 지극히 개인적인 감정의 표출 외에 아무것도 아닌 게 된다. 그 배설 행위에는 아직, 작품을 감상하는 사람들의 마음속으로 손을 내밀어 소통하고자 하는 작가의 마음이 없기 때문에, 보는 사람이 작가의 과거를 짐작할 수는 있을지언정, 마음 깊숙한 감동을 공유할 수는 없다.

다른 한 대의 엔진은 우주인 '나'를 대변하는 것으로, 이 엔진이 작동하면 마음은 사랑과 평화로 가득 차 넘치게 된다. 이 감정은 방향 없이 흘러서 퍼져가고 그것이 현상으로 나타나, 모든 이들이 똑같이 품고 있던 사랑을 기억하게 하거나 증폭시킨다. 사랑은 손을 내밀고, 상대방에게 내밀한 가슴을 내어주게 한다. 소통이 이루어지는 것이다.

세상에는 예술가라는 직업을 가진 사람들이 많이 있다. 그러나 내 생각에 예술가는 직업이 아니다. 예술이란 창조 작업이고, 마음의 영역에서 일어난 창조를 물질적인 영역으로 끌어내어 보여주는 것 아닌가.

그렇다면 참다운 예술가는 마음의 영역에서 창조를 일으키는 사람들이다. 창조는 자유에서 온다. 그리고 창조는, 사랑하고 공유하는 마음과 행위이다. 과거에 매달려 구태 속에 갇혀 있는 사람들은 결코 창조할 수 없다. 그야말로 배설만 할 뿐이다. 물론 표현하는 사람들에게 배설은 한동안 정화의 구실을 한다. 그러나 그뿐, 배설은 그것을 감상하는 사람들에게 새로운 길을 열어주지 못하고, 어두운 과거 속을 맴돌게 할 뿐이다. 심지어 이 배설조차 자기의 것을 하지 못하는 사람들이 예술가입네 하고 명함만 가지고 있는 경우가 허다한 것이 이 세상의 예술계라는 곳이다. 세상 모든 사람들이 예술가의 가능성을 가지고 있으며, 작은 자아의 틀을 깨고 나온 사람들만이 참다운 예술가라고 감히 말하고 싶다.

새해 벽두에 나는 다른 많은 사람들과 함께 아름다운 선물을 받았다. 그것은 이현주 선생님의 '그냥 사람'이라는 글씨였다. 소담한 한지에 먹물로 춤을 추듯 씌어진 그 넉 자는, 황토벽에 압정으로 고정된 채 매일 나와 사귀고 있는 중이다. 그냥 사람이 그냥 사람을 부르는 듯한 그 태연한 글씨는 내 가슴에서 평화로움과 자유로움을 불러낸다. 그것을 네모난 틀에 넣어서 반듯이 걸어볼까도 했지만, 사실 저렇게 나풀거리며 소박하게 붙어 있는 것이 더 어울리고 더 정답다. 그 글씨를 받은 많은 사람들이 그 즐거움을 함께 만끽하고 있다. 이런 것이 살아있는 예술이다. 사랑스러움과 평화로움을 끝없이 창조하지 않는가 말이다.

우리의 삶의 행위는 모두 예술이 될 수 있다. 마음의 창조를 반영하면 그것은 예술이다. 일상의 소소한 행위들, 예를 들면 밥 짓기, 설거지, 청소, 세수, 대화, 걷기, 바라보기, 섬기기, 편지 쓰기, 전화하기, 웃음 짓기, 별 보기, 텃밭 가꾸기, 집짓기, 화난 사람 손 잡아주기 등 헤아릴 수 없다. 창조는 사랑이라는 원천에서 나온다. 그리하여 모든 행위의 목적도 사랑이다. 그러나 배설은 원천이 없으며, 목적도 없다.

형제들의
것

올해 들어 나의 몸은 커다란 변화를 경험했다. 정확하게 말하자면, 몸에 대한 나의 인식에 큰 변화가 일어났다고 하는 편이 옳을 것이다.

지난 해 마지막 날, 마을 아저씨들과 우리 가족들은 다 같이 모여 근사한 송년을 했다. 아저씨들은 서망의 수산 시장에 가서서 문어와 게와 갖가지 싱싱한 생선들을 사오셨다. 생선은 얇게 저며 회 몇 접시를 내고, 문어와 게는 삶아서 커다란 쟁반에 내놓았다. 채소와 쌈장을 곁들이니, 송년 모임의 잔칫상이 제법 푸짐했다.

이곳 상만 마을로 이사를 와서 알게 된 상만의 아저씨들과 우리 가족이 맺게 된 우정을 자축하며 마음이 그리도 흐뭇할 수 없었다. 아저씨들은 외다리인데다가 허리가 더 불편해진 나를 배려해서 그런 자리를 마련하셨을 것이다. 그렇지 않으면 자영이는 오봉산 해맞이를 하러 오는 사람들을 멀찌감치서 구경이나 하면서 맹숭맹숭하게 새해를 맞이할지도 모른다고 생각하셨을 것이다.

나는 가장 넓게 자리를 차지하고 누운 채, 흥에 겨워 갖가지 음식들을 맛보았다. 가족들이 돌아가며 삶은 게의 살을 발라 입 안에 넣어 주었다. 아, 그 맛이란! 나는 행복이라는 호수 속에 풍덩 잠겨 그 풍성함을 한껏 즐겼다.

새해 첫날엔 여귀산 너머와 돈지 마을의 벗들이 넘어와서 하루를 함께 보냈다. 향기로운 연근 칼국수를 만들어 먹고, 영혼이 좋아하는 대화를 나누며 지냈다.

그렇게 새해 첫날을 잘 맞이하고 나자, 몸이 첫 반응을 시작했다. 갑작스럽게 뱃속에 들어 있던 모든 것을 다 쏟아내기 시작했다. 그러더니 눈과 귀가 먹먹해지고, 순간 온몸의 살이 내려 피골이 상접해지며, 정신이 아득하여 아무 움직임이 없어지는 상태가 되었다.

'아하, 이제 몸을 벗을 때인가?' 하고 질문을 던져보았으나, 그것은 아니었다. 마음속에서 그렇다는 대답이 들리지 않았다. 다만 '음식을 먹지 않을 수 있겠는가?' 라는 물음만 다시 들렸다. 그리고 '글쎄요'라는 답이 떠올랐다.

고모에게 어지러운 몸을 통째로 맡겨 더운 물로 깨끗이 씻고 나서 자리에 누웠다. 몸이 낯설었다. 어쩔 수 없이 몸을 그냥 놓은 채로, 그것이 어떻게 되어가는지를 지켜보기로 했다.

몸은 점차로 배설이 어려워졌고, 음식을 받아들이는 것도 힘겨워졌다. 그것은 몸의 마지막을 말하는 것처럼 보였다. 그렇다면 되도록 정갈하게 그 마지막을 맞이하고 싶었다. 몸의 소화 기관이 음식을 잘 받아들이지도 못했지만, 나는 적극적으로 그것을 도와 음식을 금하기로 했다. 몸이 불편하지 않도록 음식의 양을 줄이고, 점차 물만 마시는 과정으로 들어갔다.

그 와중에도 몸은 배설을 계속했다. 이 작은 몸 안에 그처럼 많은 배설물이 있었다니, 믿기지 않을 정도였다. 암 치료를 위해 받았던 방사선의 양이 지나치게 많아서였을까, 출혈되는 양도 대단했다. 그에 따라 몸 전체는 뼈만 앙상하게 드러나고, 피부는 낙엽처럼 탄력을 잃어가고 있었다.

친구들과 가족들이 찾아왔다. 나는 사랑하는 벗들과 새로운 나의 탄생을 축하하고 싶었기 때문에, 천천히 그 준비를 할 수 있게 된 데 대해 그렇게 감사할 수가 없었다. 그래서 만나는 벗들과는 육체의 죽음에 대한 이야기를 주로 나누었다. 육체를 벗는다고 해서 갑작스럽게 어디로 사라져버리는 존재가 아닌, 항상 있을 것이며 항상 사랑할 존재에 대해서 이야기했다.

나의 벗들은 그 이야기를 나누며 충분히 즐거워할 수 있는 멋진 사람들이었다. 지구라는 별 위에서 한세상을 꿈꾸며, 이처럼 멋진 존재들을 만날 수 있었다는 것은, 다시금 떠올릴 때마다, 행복하기 그지없는 일이다.

　그러나 우리의 대화가 끝날 때마다 벗들은 세상에 남아주기를 청했다. 같이 손잡고 실컷 걸을 수 없다 해도, 봄을 같이 맞이하고, 피는 꽃을 보며 같이 웃자고 했다. 마주보고 이야기하자고 했다. 얼굴의 웃음만이라도 보여달라고 했다.

　나는 벗들의 청이 그저 먼지처럼 가벼운 것이 아님을 점차로 알게 되었다. 그 청은 그분의 청이었다. 이 몸은 나의 것이 아니라는 것을 소스라치게 깨달았다. 이 몸은 세상의 것이요, 형제들의 것이었다. 그러니 형제들의 뜻에 따를 수밖에.

　내가 세상의 꿈을 꾸는 동안 지니고 있을 이 몸은, 소화나 배설이나 순환의 기능이 약하고, 그 때문에 간혹 아프기도 하지만, 형제들을 만나 깊은 사랑을 주고받는 데에는 나무랄 데 없이 역할을 잘하고 있다. 그로 해서 얻는 충만한 기쁨을 보면, 아직 생산도 제대로 잘하고 있는 공장 같다.

　그러니 나는 적극적으로 정갈한 마지막을 만들려는 계획을 철회할 수밖에 없다. 내 맘대로 그렇게 계획할 수 없다는 것을 알게 되었다. 그것이 새해 벽두부터 몸을 통해 얻은 자각이다.

살풀이

몸의 기능이 쇠해지면 배설 작용에 가장 먼저 문제가 생긴다. 하루에 한두 번 한꺼번에 배설하지 못하고 다섯 번 이상 조금씩 내놓으면서, 그것도 변의와는 상관없는 때에 볼일을 보게 되는 것이다. 어쩔 도리 없이 아기들이 쓰는 기저귀를 사용하는 수밖에 없다.

그럴 때는 오래전 세상을 떠나신 할아버지 생각이 난다. 연세가 드셔서도 늘 활동적이고 정정하셨던 할아버지도 육체의 기능이 쇠퇴하는 것은 어쩔 수 없으셨는지, 외출하려고 대문을 나섰다가도 실수를 하셔서 집으로 되돌아오신 적이 자주 있었다. 어린 나에게 그것은 이해나 공감이 되는 일이 아니었다. 왕성한 사회 활동을 접고 자리에 누우실 수밖에 없게 되자, 어머니에게 가장 큰 수고를 끼친 것이 바로 배설물을 처리하는 일이었다. 물론 그것은 나의 판단에 불과하지만 말이다. 어쨌거나 그 일로 해서 나에게는 내 몸에서 나오는 배설물은 스스로 깨끗이 해결해야 한다는 어떤 각오 같은 것이 형성된 것 같다. 그러나 그 각오가 외려 현상을 만들어냈을까?

장장 이틀에 걸친 배설 작업(?)과 더불어 금식을 끝내고 나니, 청정한 기분이 되어 오늘 아침엔 고모가 쑤어준 야채죽을 한 그릇 비웠다. 아, 이 맛! 이것이야! 눈을 살살 감으며 황홀한 아침 식사를 했다.

모처럼 배의 통증도 가셨으니, 오늘은 무엇인가 일 같은 것을 해보리라 생각하며 노트북을 열었다. 그런데 이게 웬일인가? 다시 배가 아파오며 배꼽 주변이 단단하게 뭉쳐오는 것이 여간 수상하지 않다. 화장실에 가서 끙끙 힘을 써봐도 뭐 나오는 것은 없는데, 느낌은 금방 뭐라도 나올 것 같은 난감한 상황. 하는 수 없이 아기 기저귀 신세를 다시 지게 되었다.

통증이 심하다 보니, 글씨도 눈에 들어오지 않아, 아예 눈을 감고 배를 쓰다듬으며 잠이 들고 말았다. 잠에 들었다가 나왔다가 하며 배의 통증을 바라보는데, 아침에 집어먹은 땅콩 다섯 알이 원인이라는 것이, 묻혀 있던 기억의 창고에서 문득 떠올랐다.

맞다. 좋은 기분에 달떠서 용감하게 집어먹었던 고소한 땅콩이 뱃속에 들어가 전쟁을 일으키고 있는 것이다. '전쟁', 그래 전쟁이라, 내장이 싸우느라 애를 먹고 있구나.

다음 순간, 마음에서 허허 웃음 한 줄기가 새어나온다. 전쟁은 내 몸의 장이 하고 있는 것이 아니라 바로 내 마음이 일으키고 있는 것 아닌가? 잘 바라보자. 배설로 인해 고모를 고생시키는 것이 아닌가 하여 전전긍긍하고, 배에 통증이 일어나니 벌써 심란한 걱정을 꺼내어들고 칼싸움을 시키고 있는 것은 이 몸이 아니라 마음이다.

이 모든 상황들을 판단해서 이러저러해야 한다고 머리 굴리지 않고 그냥 내버려두자, 순간 배의 통증이 온데간데없어진다. 무엇이 좋은 것도 나쁜 것도, 추한 것도 아름다운 것도, 이러해야 하는 것도 저러해야 하는 것도 없이, 그저 그 모양새 그대로인 것을.

감고 있던 눈을 뜨니, 고모가 하얀 천을 나풀거리며 살풀이를 추고 있다. 나는 고모의 저 춤이 참 좋다. 쌀을 씻어 밥솥에 올려놓고, 혹은 찌개가 끓는 것을 기다리거나 세탁기가 하는 빨래의 다음 단계를 기다려야 하는 틈틈이 고모는 거실에서나 주방에서나 살풀이를 춘다. 그 가벼움이 정말 좋다.

그래 풀고 또 풀자. 놓고 또 놓아버리자. 눈을 감으니 텅 비었다.

눕는 자리

눕는 자리를 옮겼다. 바닥에 두터운 매트를 깔고 누웠던 것을 이제는 높다란 침대로 바꾸었고, 북동쪽으로 난 커다란 창을 머리맡에 두었던 예전 자리에서 북서쪽 벽에 머리를 두는 방향으로 옮겼다. 그랬더니 눈에 보이는 풍경이 많이 다르다.

바닥에 누웠을 때엔 흙을 개어서 발라놓은 천정이 둥그런 하늘 같아 보여서, 내 마음을 한없는 평안의 공간으로 데려다주곤 했다. 그리고 천정과는 다른 빛의 황토로 마무리를 한 벽을 보면서 웅장하면서도 아기자기한 빛깔의 그랜드 캐년 절벽들을 연상할 수 있었다. 또 머리 위로 난 통창으로는 여귀산 정상이 지긋이 올려다보였고, 여백이 많은 푸른 하늘을 두 눈 가득 담을 수 있었다. 시선을 왼쪽으로 조금만 돌리면 살랑살랑 흔들리는 종려 이파리 사이로 오봉산 자락이 구불구불 용의 등허리처럼 기어가고, 그 아래로는 귀성마을이 아담하게 앉아 있는 모습, 모나지 않은 밭자락의 곡선들과 연초록에서 진초록의 향연들이 내려다보였다. 벽 대부분을 차지한 투명한 유리창을 통해 가만히 누워서도 나는 이곳의 자연을 온통 차지하는 호사를 누렸던 것이다.

이제 침대를 가장 구석진 곳으로 옮겨 눕고 보니 그간 누렸던 눈의 호사는 간 곳이 없게 되었다. 물론 시선을 왼쪽으로 돌리면 여귀산 정상의 아름다운 풍경이 보이긴 하지만, 침대 위에 높다랗게 누워 있으니 눈을 시리게 하던 창공의 여백은 가려졌다. 종려 가지와 오봉산은 발치에 있어서 잘 보이지 않는다. 다만 눈앞에 굵직한 대들보가 우뚝하고, 주방과 거실의 경계를 이루고 있는 선반 위의 잡다한 그릇들이 시야를 어지럽힌다.

어디에 누웠느냐, 어디에 앉았느냐, 어디에 서 있느냐에 따라 같은 장소에서도 보이는 것이 이처럼 다를 수 있다는 것을 다시금 깨닫는다.

그간의 습관 때문일 수도 있겠지만, 침대에 눕는 것보다 바닥에 자리를 깔고 눕는 것이 훨씬 시야를 넓고 섬세하게 해주는 것 같다. 바닥에 누우면 공간 전체가 다 눈에 들어온다. 뿐만 아니라 바닥을 기어 다니는 작은 벌레들과 먼지들, 또 갖가지 깔개의 무늬들을 보게 되고 관심을 갖게 된다. 그러다보니 더 정갈해지기도 한다.

침대에 누우니 공간의 절반은 보이지 않는다. 그래서 침대 생활을 하는 이들은 슬리퍼나 신발을 신고 다니면서, 바닥에 세심한 관심을 두지 않고 대충 대하게 되는 것 같다. 바닥에 자리를 깔고 눕는 사람들은 바닥을 아무렇게나 대할 수 없어서, 무릎을 꿇고 앉아 정갈하게 걸레질을 하게 된다.

내가 침대에 누워 있으니, 더 보기가 좋고 돌보기에도 편리하다고 벗들은 말한다. 그런 것을 보고 빛 좋은 개살구라고 하는지 모르겠다. 하하!

자리의 위치를 다시 바꿔볼까 잠시 생각도 해보았으나, 이왕 옮긴

자리이니 이곳에서 좀더 멋진 광경을 창조해 볼까 한다. 우선 침대 주변을 정리해야 한다. 선반 위의 그릇도 그릇장 속에 대부분 넣어두고, 불필요한 사물들을 다 없앨 것이다. 나와 나란히 누운 대들보의 무늬와도 친해질 것이고, 거기에 붙여놓은 각진 조명 기구를 둥그렇고 소박한 갓을 씌운 것으로 바꾸어야겠다. 아, 저 천창도 있었지, 작은 손수건만한 저 천창에서 인사하는 하늘과 구름과 별들과도 놀아야겠다. 좀 높은 베개를 준비해 두었다가 간혹 머리에 베고 발치에서 기다리는 종려나무의 흔들림도 감상할 것이다.

무엇보다도 이 구석진 곳을 환하게 밝힐 수 있는 웃음을 항상 등불처럼 켜둘 것이다. 그것이 나를 사랑하고 내 몸을 돌보는 형제들에게 줄 수 있는 유일한 선물이 아닌가.

귀향

진이가 돌아왔다. 하나밖에 없는 아들 흰눈이와 함께 돌연 사라져 버린 지 사흘 만의 귀가이다. 결국 돌아올 거라고 믿고는 있었지만, 너무도 조용히 유령처럼 나타난 진이의 모습이 뜻밖이어서 놀라웠다.

샘가에서 생선을 다듬고 있던 가족들은 깜짝 놀라 진이에게 달려

갔다. 진이의 목엔 여러 갈래로 꼬인 철사줄이 매달려 있었다. 그 줄이 진이의 목을 꽉 조이고 있었고, 철사줄의 끝은 불규칙하게 잘린 형태를 띠고 있었다. 노루 올무라고 했다. 재빨리 공구를 가져와 진이의 목을 짓누르고 있는 철사줄을 끊었다. 그 줄이 좀더 목을 깊이 파고들었더라면, 진이는 돌아오지 못했을 것이다. 그 사흘 동안 겪었을 악전고투가, 철사줄 끝의 이빨자국에 고스란히 묻어 있었다. 진이는 바닥에 모로 누운 채 가족들의 손길을 받았다. 우리들은 모두 조금씩 울고 있었다.

진이 앞에 성찬이 차려졌다. 다행히 고모가 축제장에서 얻어놓은 족발이 남아 있었다. 족발 한 냄비에 물 한 그릇. 진이는 벌떡 일어나더니 그릇으로 다가가 바로 먹기 시작했다. 사람들 앞에서는 잘 먹지 않는 그의 습관도, 사흘 동안의 고투로 인한 허기를 억누를 수는 없었던가 보다.

진이가 허기를 달래고 지친 몸을 좀 추스르면, 흰눈이를 찾으러 가야 했다. 태어난 지 넉 달밖에 되지 않은 흰눈이에게 사냥의 명수인 제 어미를 쫓아다니는 일은 버거웠을 것이다. 그래서 이전에도 산에서 길을 잃고 헤매던 흰눈이를 진이가 두 번이나 찾아온 적이 있었다. 그때처럼 이번에도 진이는 힘을 차리고 나면 새끼를 찾으러 길을 나설 것이다. 우리는 모두 그를 든든하게 믿었다.

가족들이 생선을 다듬어 매운탕을 끓이고, 이웃 아저씨들과 함께 음식을 들고 있을 때, 갑자기 흰눈이의 흔들리는 꼬리가, 베란다 창을 통해 눈에 들어왔다.

"아! 흰눈이도 왔네!" 우리는 모두 환호성을 지르며 꼬마에게 달려가 몸을 쓸어주었다. 흰눈이의 몸에는 아무 상처도 없었다. 아마도 노루 올무에 걸려 꼼짝도 하지 못하는 어미 곁에서 어찌할 바를 모른 채 기다리고 있었던 모양이다. 우리는 진이가 올무를 이빨로 끊고 쏜살같이 집으로 달려와 버리자, 꼬마는 하는 수 없이 어미의 냄새를 따라 집으로 돌아온 것이 아닐까 하고 추측할 뿐이었다.

양쪽 뱃가죽이 찰싹 달라붙은 흰눈이가 제 어미의 밥그릇으로 달려들다가 어미에게 혼쭐이 났다. 입에 물려준 것까지 뱉어내어 새끼를 먹이던 예전의 진이가 아니었다. 처음 당하는 일이라 놀랐는지 흰눈이는 비실비실 물러났다. 그것을 본 영환이 재빨리 먹을거리를 따로 덜어주었다. 두 녀석 모두 허기를 달래고 나니 집으로 돌아왔다는 안도감이 체감되는 듯했다. 제 집 앞에 서로 몸을 기대고 길게 엎드린 채 잠이 들었다.

"말을 할 줄 안다면, 생사를 넘나들었던 그 며칠에 대해 할 이야기가 많을 텐데, 쯔쯧……"

마침 나들이 오셨다가 이 모든 것을 목격하신 아버지께서 한마디 하셨다.

그 이후로 진이에게는 아침저녁 두 차례의 산책 시간이 생겼다. 그 외의 시간에는 집에 머물도록 줄로 매어놓았다. 그런데 문제는 흰눈이다. 함께 산책을 나갔다가도 집이 보이지 않는 길모퉁이에 이르면 다시 얼른 돌아와 버리는 것이다. 진이는 분명 세월이 좀 지나 기력을 찾으면 다시 사냥을 나설 것이다. 그것은 우리 모두 짐작할 수 있는 일이다. 그러나 꼬마 흰눈이에게 이 사흘의 체험은 그의 힘에 부치는 충격이었던지 겁을 잔뜩 먹고는 어미조차 따라나서려 하지 않는다. 온종일 마당 앞에서만 얼쩡거리다가 산책 시간에 고모의 동행에도 불구하고 길 밖을 나서지 못하는 꼬마 흰눈이를 보면 웃음을 참을 수가 없다.

그렇지만 그의 상처가 잊혀졌으면 좋겠다. 소심하게 앞마당만을 지키는 흰눈이가 아니라, 깊은 숲 속도 모험하고 갖가지 산짐승들도 만나 제압해 보기도 하는 흰눈이가 되었으면 좋겠다. 때로는 그것이 목숨을 잃을 만큼 위험하다 해도, 십수 년이라는 그의 수명 안에서 한바탕 겪어볼 만한 일들이 아닌가. 그런 근사한 체험들을 놓치지 않기를 간절히 바란다. 그런데 흰눈이에 대한 이런 소망은 어디에서 오는 것일까?

나를
잊었었구나

오늘은 길국 아저씨와 태봉 아저씨가 이른 아침부터 오셔서는 그간 수환, 영환이 해놓은 작업 중 잘못된 것들은 바로잡아 주고, 함께 일을 진척시키셨다. 고모는 부랴부랴 두부 지짐과 나물 몇 가지에 술안주로 골뱅이 파무침을 만들어냈다. '집 짓기＝밥 짓기'라고, 일꾼들이 늘어나니 밥 짓는 시간도 배로 늘어났다.

오전 작업을 마치고 두 아저씨가 들어오셔서 반주에 점심을 들고 나가시자, 고모는 설거지를 하며 "이 집 마치고 나면 이제 집을 그만 짓자"고 했다. 이런 식의 이야기는 몇 해 동안 계속 되풀이되어 오던 터였기에 내 마음속에서는 문득 불만스러운 감정이 튀어나왔다.

"고모, 지금 정말로 그렇게 힘들어요?"

나의 이 한마디에는, 그 정도 일은 누구라도 충분히 해낼 수 있다는 생각이 묻어 있었다. 그리고 내 안에는, 해야 할 일을 그만둘 수는 없다는 집요함이 자리를 잡고 있었다. 그러니 고모의 심경이 유쾌할 리 없었다.

"밥하느라고 매이잖아!"

항상 밥 짓는 일을 어려워하는 고모에게 나는 내심 그것을 극복해

1 1 7

주었으면 하고 기대하고 있었다. 그리고 정말 그렇게 하는 것이 옳다고 믿고 있었다. 아마도 고모의 그 한마디 다음에는 나의 사려 깊지 않은 대꾸가 튀어나왔을 것이다. 잘 생각하고 한 말이 아니어서 기억이 희미한 한마디. "뭘 매여 있어요?"

보통의 주부들이 해오던 일이, 독신으로 육십 평생을 살아온 고모에게는 분명 힘들고 성가신 일임이 분명했지만, 내 마음은 그것을 인정하고 싶지 않았던 것이다. 그만큼의 노력 없이 사는 인생도 있는가 하는 생각이 사실 더 컸다. 그리고 앞으로의 계획을 모조리 그때그때의 순간에 맡기는 나의 방식으로 인해 고모의 마음 가운데에는, 나와 함께 사는 것이 끝없는 고생길이 아닌가 하는 두려움이 둥지를 틀게 된 것이다. 이제 나이도 들었으니, 그만 몸도 마음도 편하게 사는 것이 고모의 바람이라는 것을 모르는 바는 아니었다.

고모는 여러 가지 모임과 사회 활동을 하고 싶어도 그것을 하지 못하고, 독서할 여유조차 없는 불만스러움을 토로했다. 그것은 너무도 자연스런 욕구들이라고 이해할 만했지만, 그 순간 내 마음에서는 묵은 불이 올라왔다. 지금 이 자리에서 뜻을 합쳐 같이 할 일이 있건만, 늘 먼 산 너머를 바라보는 고모가 답답하게 여겨졌던 것이다. 여기에서가 아니라면, 고모가 늘 말하는 봉사는 어디에서 할 수 있단 말인가? 그처럼 뜻이 다른 사람과 나는 왜 동거하고 있을까 하는 의문이 들었다.

"고모는 나와 정말 헤어지고 싶어요? 정말 원하는 게 그거예요?" 하는 질문을 진지하게 던져보았다. "엄마가 오신다면 난 그렇게 하고 싶지." 고모의 대답이었다. 가슴이 더욱 답답했다.

정말 고모가 그것을 원한다면 그렇게 해주고 싶었다. 하지만 내가 아는 한, 상황을 바꾸는 것이 고모를 더욱 행복하게 해주지는 않을 것이었다. 지금도 고모 스스로 선택한 만큼의 행복을 누리고 있고, 환경이 바뀌어도 역시 스스로 택한 만큼의 행복을 똑같이 누리는 것뿐이기 때문이다.

"고모가 행복해지는 길은 딱 한 가지네요. 내가 죽으면 되겠네!"

고모가 나를 돌보느라 어쩔 수 없이 함께 사는 것이라고 생각하고 있었기에, 다시 내 속에서는 엉뚱한 볼멘소리가 튀어나왔다. 그 말에 고모는 무척 당황했나 보다. 고모는 애써 상황을 수습하려고 했다.

"행복하게 살다가도 힘들 때에는 힘들다고 말하는 건데, 그런 말도 못하고 사냐? 따지긴 왜 따져, 그냥 그런가 보다 하지!"

하긴 그 말이 맞기도 했다. 시시콜콜 따질 필요는 없는 것이지. 그렇다 해도 내 가슴은 답답함에서 헤어 나오지 못했다. 잠시 떠오르는 생각들을 바라보았다. 그냥 대충 때우고 넘어가고 싶지는 않았다. 참된 해결책을 구할 필요가 있었다.

'고모가 진정 행복했으면 좋겠다. 마지못해 무엇에 얽매여 있게 하고 싶지는 않다. 더욱이 나로 인해 속박되어 있다는 것은 참을 수 없다. 자유롭게 선택하고 움직일 수 있도록 해주고 싶다. 고모가 원한다면 떠나도 좋겠다. 고모는 내가 걱정이 되겠지만, 나는 새로운 상황에서 또 다른 동반자를 만나게 되리라는 것을 알고 있다. 고모에게 자유롭게 선택하라고 하자.'

생각의 흐름을 따라가다 보니, 문득 내 생각이 엉뚱한 지류를 타고 가는 것이 보였다. 그런 생각은 전혀 본질적인 것이 아님을 순간 자각했다. 고모를 비롯한 누구에게도, 지금 여기에서 만나는 상황이나 환경은 각자에게 완전한 것임을 알고 있지 않은가 말이다. 고모도 진정 깊이 생각해 보면 그것을 알 수 있을 것이다.

사실, 겉으로 보이는 우리는 저마다 자기의 역할을 맡고 있는 배우들일 뿐이다. 고모는 저렇게 자기가 어쩔 수 없이 매여 있는 것이 사랑하는 조카 때문이라고 생각하고 있지만, 고모는 고모 자신의 마음 상태로 인해 특수한 역할을 맡은 것이고, 나 또한 내 몸에게 맡겨진 배역을 하고 있을 뿐이다. 그 역할은 다른 누구 때문에 맡게 된 것이 아니라, 바로 자기 자신으로 인해 형성된 것이다. 어느 생애에선가 우리는 서로 역할을 바꾸어 했을 수도 있다. 또 진정 우리가 원한다면, 이 생애에서도 우리는 역할을 바꾸어 해볼 수도 있다. 몸과 역할은 끝없이 바뀌어도 나는 그대로 아닌가.

아, 고모가 모르는 게 바로 그것이구나. 아직 기억해 내지 못했다는 것은 잘못이 아니다. 내가 고모에게 답답하고 서운한 감정을 낼 필요가 전혀 없지 않은가. 그저 모르는 것을 알려주면 그만인 것을.

하지만 그 사실을 문득 기억해 낸 나 또한, 이전에는 그것을 확실히 깨닫지 못했다. 그러니 그 사실을 기억하자마자 마음에서 안개가 걷힌 듯, 이제야 눈앞이 또렷해진 것이다. 답답하고 원망스러웠던 감정이 싹 가시고 마음이 유리알처럼 투명해졌다.

고모라는 배역을 맡은 배우가 자신의 역할을 매우 훌륭하게 해준 것이다. 상황은 나에게 순간 깨달음을 선사해서 얇은 껍질을 한 겹 벗도록 해주었다. ‘아하, 이제까지 고모를 보면서 배우의 역할만 보았지,

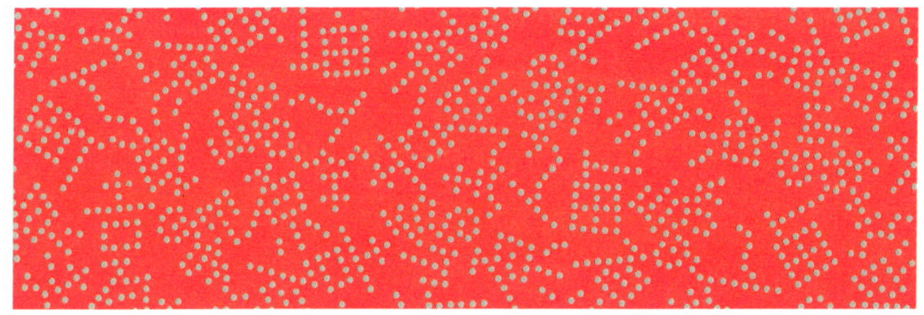

그 속에 있는 참된 알속을 보지 않았었구나. 그래서 그 역할을 향해, 분별도 하고 원망도 하고 때로는 미안한 마음도 가졌던 것이구나.' '또한 나의 역할과 참된 나를 완전히 구분하지 못했구나. 그래서 하늘을 향해, 내게 맡겨진 역할이 무엇이냐고 신경질적인 질문을 했던 것이구나. 그냥 두면 되는 것을. 하하…… 이 당연한 것을 알고 있었다고 생각은 했지…… 하지만 진정 알지 못했구나. 정말 나를 깜박 잊고 있었구나!'

비로소 육체와 역할을 떠난 내가 확연히 인식된다. 가볍다.

몸이 아픈
형제자매님들께

아픈 몸을 느끼며, 나의 형제자매님들을 떠올립니다.

조용히 눈 감고 나의 임들을 위한 노래를 부릅니다.

가장 아름다운 노래를 불러드리고 싶습니다.

우리 임들도 그렇게 해보세요.

가만히 엎드려서 눈을 감고 귀 기울여보세요.

이 노래가 거기까지 가 닿았으면 해요.

들리세요?

그러면 조용히 콧노래를 불러보세요.

서로를 위해 그렇게 노래를 불러요.

내 마음속에 우리 임들의 노래 소리가 울립니다.

앞서거니 뒤서거니, 화음도 어울리게.

아! 정말 굉장한 일이에요.

우리가 한꺼번에 이렇게 노래를 한다는 거요.

마음속에서 만나

이렇게 노래한다는 거요, 손을 잡고 다같이!

몸이 아프다는 것과 고통스럽다는 것은 다릅니다. 많이 아파도 사랑하는 존재들에 둘러싸여 있으면 마음은 달콤한 행복감에 잠기게 됩니다. 그런데 나를 둘러싸고 있는 것 같은 모든 존재들은 실제로 내 마음의 보자기에 싸여 있는 존재들입니다. 그들은 내가 보내는 사랑을 거울처럼 반사시켜 되돌려줍니다.

모든 존재들이 각자 역할을 갖고 있습니다. 몸이 아픈 사람들에게도 분명 역할이 있습니다. 아픔을 느낀다는 것은 세상을 더 넓게 이해할 수 있도록 해줍니다. 이 세상에 존재하는 아픈 부분을 이해하지 못한다면, 그만큼 세상을 사랑할 수도, 사랑받을 수도 없습니다. 저는 몸이 아프고 나서 시야가 탁 트인 느낌이 들었습니다. 더 넓은 세상이 보였습니다.

우리들 각자에게도 아픈 부분이 있고, 그렇지 않은 부분이 있습니다. 아픔을 안다는 것은 존재를 좀더 온전하게 볼 수 있다는 것입니다. 치유의 힘은 거기에서 나옵니다. 아픔을 공유하는 사람이 위안이 되는 것은 그것 때문입니다.

아픔이 인간에게만 한정되어 있는 것은 아닙니다. 동물의 세계나 식물의 세계를 잘 관찰해 보면, 얼마나 많은 아픔들이 있는지 모릅니다. 미시적인 세계를 들여다보면, 아픔을 극복한 세포들이 치유의 역할을 하는 항체를 만들어냅니다. 아픔을 극복하고 초월하는 데에서 치유의 힘이 나오는 것이지요.

아픈 사람들이 이 지구상에서 맡은 역할은 치유가 아닐까 합니다. 아픔을 넘어 누군가를 향해 이해의 눈길을 보내는 것은 그 사람에게 얼마나 큰 위안이 되는지 모릅니다. 사실, 이 세상에 아프지 않은 사람은 없습니다. 그렇기에 아픔을 극복하고 초월한 사람에게서는 누구라도 위안을 받게 됩니다. 그리고 그 위안은 다시 되돌아와 행복이 되지요.

몸이 너무나 아플 때에는 아픔을 겪는 것 외에 달리 할 수 있는 일이 없습니다. 그럴 때에는 가만히 귀를 바닥에 대고 엎드려 온 세상에 퍼져 있는 아픈 형제자매들을 떠올립니다. 아픔은 이 작은 몸 하나만의 것이 아닙니다. 우리 모두를 포함하고 있는 더 큰 내가 신호를 보내고 있는 것입니다. 우리가 각자 흘려보내야 할 무엇인가를 꽉 쥐고 있다고, 가슴을 활짝 열어 그것을 흐름 속에 놓아주라고 하는 것입니다.

구름 위에 누워 있는 것처럼 몸에서 힘을 빼고, 눈을 감은 채 온 세상의 형제자매들을 불러내어 손을 잡아봅니다. 그리고 가만히 콧노래를 부르노라면 끊임없이 아름다운 소리가 흘러나옵니다. 그 노래 속에서 하나가 되어 손을 잡은 모든 존재들을 하나씩 둘러봅니다. 그 속엔 눈에 익은 얼굴도 있고, 처음 보는 얼굴도 있고, 동물들도 있고, 나무도 있고, 꽃도 있습니다. 별들도 있고, 때로는 머나먼 별에 사는 외계인도 있습니다. 바람도 있고, 향기도 있고, 빛도 있습니다. 분홍빛, 황금빛, 푸르스름한 빛…… 어느덧 작은 나는 사라집니다. 어느덧 아픔도 아주 작아져 있습니다. 마음엔 사랑과 감사의 미소가 잔잔히 흐릅니다.

몸이 아파서 모든 것이 끝이라고 생각하는 분도 계실 것입니다. 하지만 아픈 사람으로서의 몫을 잊지 않았으면 합니다. 세상의 아픔을 생각하고, 그 아픔에 동참하고 있다는 것을 기억해 내기만 해도, 우리에게서는 치유의 힘이 나올 것입니다. 지금 이 순간부터 늘 함께했으면 합니다.

사랑하는
호스피스 자매님들께

새벽입니다. 온갖 맑은 것들만이 먼저 깨어나는 맑은 새벽입니다.

파르스름하게 하루를 깨우는 첫 번째 새들이 삐비 삐비 삐비비비~ 하며 노래하고 나니, 고요하게 휘파람을 불 줄 아는 새가 자기 차례를 지켜 참으로 예쁜 노래를 연주합니다.

어제는 안기순 님과 통화를 했습니다. 우리가 진도에서 만났던 일을 자매님들께 전달하려는데 잘 안 된다고 메일로 보내달라고 하셔서, 저는 웃으며 뭐 그럴 것까지 있겠느냐고 그냥 잘 지낸다고 전해주시라고 했지요. 하지만 전화를 끊고 나니 제 생각이 짧았다 싶었습니다. 작은 것도 나누면 더 큰 즐거움이 되는 것을, 안기순 님의 예쁜 청을 저도 모르게 거절한 것 같아 죄송스런 생각도 들었습니다. 그래서 새벽이 깨어나자마자 자판을 두드립니다.

어제도 오늘도, 호스피스 자매님들의 다정한 얼굴이 하나하나 생생하게 떠오릅니다. 그 향기가 얼마나 좋은지 모릅니다. 몸이 멀리 떨어져 있다고 멀리 있는 것이 아닙니다. 이렇듯 자매님들께서 제 마음속 깊이 들어와 계셔서 떼려야 뗄 수 없이 하나가 되어 있는 걸요. 아마도 제 병원 생활이 천국이었던 것은, 그 안에 스며 있던 그 향기, 보이지 않는 자매님들의 향기 덕분이었을 것입니다.

새해에 제 몸 상태가 나빠져서 자매님들 마음에 걱정을 끼쳐드렸습니다. 하지만 몸의 상태 때문에 더 이상 걱정하지 마셨으면 하는 바람입니다. 제게는 몸의 체험보다 더 깊은 체험이 있기 때문입니다. 늘 저에게 현실이 되는 것은 몸의 상황이 아니라, 그 밑에서 보이지 않게 일어나는 마음의 일, 영혼의 일입니다.

올해도 벌써 넉 달 반이 지나가고 있네요. 올해가 시작되면서 제 몸은 죽음을 맞이한 것 같았습니다.

지난해 마지막 날을 마을 아저씨들과 우리 네 가족이 모여 매우 즐겁게 보냈습니다. 항상 마음을 주시는 마을 아저씨 몇 분이 해물을 풍성하게 사오셔서 송년 잔치를 열었지요. 저는 자리에 누운 채로 돌아가며 먹여주시는 것을 맛있게 먹었습니다. 참 뿌듯하고 행복한 시간이었습니다.

그 다음날은 새해 첫날이어서, 이곳에 사는 벗들과 모여 새해맞이 잔치를 벌였습니다. 참 존재를 공유할 수 있는 벗들과 함께 새해를 맞이하는 것이 꿈만 같았습니다. 칼국수를 만들어 먹고, 온종일 즐거운 이야기꽃을 피웠지요. 여기까지는 순조로웠습니다.

그런데 다음날 제 몸에서 엄청난 출혈과 설사가 일어났습니다. 순식간에 가죽이 뼈에 달라붙고, 입술이 하얗게 바래고, 앞이 캄캄해지고, 이명 현상으로 귀가 먹먹해져 다른 소리가 들리지 않게 되었습니다. 아하, 이제 이생을 마감할 때가 되었구나 하고 생각했습니다. 몸을 혼자서 지탱할 수가 없어, 하는 수 없이 고모에게 부탁을 해서 누운 채로 목욕을 했답니다.

그 다음부터는 먹을 수가 없었습니다. 장이 전혀 움직이지 않아서 배설도 되지 않고, 먹을거리도 목에서 받아주지 않았습니다. 보름 동안을 물만 먹으며 지냈습니다. 그러자 몸 안에 있던 찌꺼기들이 모두 배설이 되면서 깨끗이 청소되는 때가 찾아왔습니다. 정신이 맑아졌습니다. 그리고 매우 평안했지요. 마침내 몸을 벗을 때가 왔다는 생각이 들어, 완전히 벗을 때까지 금식을 해야겠다는 결심도 했습니다. 그 체험 하나하나를 깨어서 바라보고 싶었고, 어떤 체험이 찾아올지 궁금하기도 했습니다. 정갈하게 죽음을 맞이하고 싶었습니다.

그 와중에도 벗들이 매일 오셔서 함께 이야기도 나누고 놀았습니다. 각자가 알맞은 선물을 가지고 찾아와 주셨지요. 어떤 분은 자신의 영적인 체험을 이야기해 주셨고, 어떤 분은 살아가는 아기자기한 이야기들을, 어떤 분은 우리가 사는 고장의 전망을 말씀해 주기도 하셨고 (저를 기쁘게 해주기 위해서 그렇게 하시더군요), 어떤 분은 성경책을 가지고 오셔서 그것을 읽고 나눔을 주셨고, 어떤 분은 몸의 건강이 회복되기를 바라는 기도를 열렬히 해주셨습니다. 아주 멀리서 달려온 학교 때 친구들은 의학을 공부한 사람들답게 링거를 꼭 맞으라는 조언을 하며, 눈물로 내 몸을 꼬옥 안아주었지요. 모두들 제가 일어나기를 바랐습니다.

저는 그 모든 이들이 마음의 눈으로 저를 바라보고, 제가 이미 일어나 있는 것을 보길 바랐습니다. 몸만을 보는 것이 아니라 영혼도 보길 바랐던 것이지요. 그리고 열렬히 기도하시는 분께는, 사소하게 청하지 마시라고 부탁했습니다. 이미 가장 좋은 것을 주신 창조주께 무얼

그리 원하느냐고요.

그러던 어느 날, 벗들의 열렬한 소망이 바로 내 아버지의 뜻이라는 것을 문득 깨달았습니다. 아무리 성급하게 육체를 벗어던지고 싶어도, 그 뜻을 거스를 수 없음을. 벗들의 뜻이 하느님의 뜻이고, 바로 그것이 나의 뜻임을 안 것입니다.

그 순간부터 몸이 조금씩 힘을 얻기 시작했습니다. 친구들의 소망대로 링거 주사도 맞고, 점차 죽도 먹기 시작했고, 불완전하기는 했지만 배설도 시작되었습니다. 이 세상에서 삶을 산다는 것의 의미는 무엇을 열심히 하는 데 있는 것이 아님을 선명하게 알 수 있었습니다. 그냥 존재 자체, 함께 이야기하고, 때로는 그저 눈을 마주치는 것만으로, 아니면 조용히 숨을 나누어 쉬는 것만으로도 삶의 의미가 충분하다는 것을. 아니, 오히려 그처럼 고요하게 생명의 존재 자체를 나누는 것만이, 그 기쁨을 누릴 줄 아는 것만이 삶의 의미가 된다는 것을 알았습니다.

행복이 완전해졌습니다. 어떤 조건도 필요하지 않았습니다. 심지어 육체의 온전함조차도 행복에 필요한 조건이 아니었습니다. 행복이 바로 나였습니다. 이것이 새해 벽두부터 치른 난리(?)를 통해 하늘이 제게 주신 것이었습니다. 참나가 알고 있던 것이었습니다.

때때로 육체를 입고 지구상에 살면서 이처럼 완전한 선물을 받았다는 것이 믿기지 않을 때도 있습니다. 어떻게 이런 일이 일어났을까? 상상도 하지 못했는데…… 그러니 제겐 아무것도 바랄 게 없습니다. 물론 벗들을 보면서 '잠에서 깨어나면 얼마나 좋을까……' 하는 소망을 가질 때가 많지만, 그것도 그뿐입니다. 사람들은 각자 자기의 때를 갖고 있음을 어렴풋이 알겠기 때문입니다.

제가 몸으로 겪은 여러 가지 일이 제게는 그다지 커다란 고통이 되지 않지만, 자기의 때를 맞이하지 않은 사람이라면 그런 일들이 엄청나게 놀랍고 두려운 것일 수 있겠지요. 아마도 자기의 때가 와서 힘이 생기면, 육체를 초월하기 위한 갖가지 체험들을 하게 되리라 생각합니다.

한때 지루하다고 여겼던 이 세상은 참으로 경이로운 곳입니다. 얼마나 아름다운 비밀을 숨기고 있는지요! 아주 구석지고, 아주 낮고, 아주 어두워 보이는 그곳에 그분께서는 황금빛 찬란한 보물을 꼭꼭 숨겨 두셨나 봅니다.

사실, 그분은 숨으실 수 없이 작고도 크신 모든 것인데, 그 모든 것이기 때문에 더더욱 우리가 찾기 힘든가 봅니다. 그렇게 가까이에 그분이 계신다는 것을 믿지 못하는 것이지요. 바로 내 전체가 그분인 것을, 만나는 사람 사람마다 모두 그분인 것을, 먼지가 벌레가 풀잎이 바람이 그분인 것을 어떻게 믿겠어요? 마음의 눈을 뜨면 그것이 다 보이는데 말이지요. 새해의 절반 동안 겪은 일들을 다 이야기해 드렸습니다.

마당에 짓고 있는 오두막이 얼추 다 되어갑니다. 그것이 완성되면 놀러 오세요. 지금도 자매님들의 모습이 눈앞에 보이는 것 같지만, 그래도 보고 싶습니다.

항상 평안하세요. 늘 감사합니다.

우리 모두는, 땅과 바다와 하늘로부터 얻어먹으며 산다. 한때 그것을 몰라 무척 힘을 들이며 살던 때도 있었다. 얻어먹지 않기 위해 오히려 다른 이의 것을 빼앗아오던 때가 있었다. 그것이 노력의 대가라고 여기던 그런 때가 있었다. 우리는 누구나 서로에게 얻어먹는다. 창조주로부터 얻어먹으며 산다. 그것은 매우 감사하고 즐거운 일이다. 사랑을 주고받는 일이기에.

자연의 집 ● ● ●

개구리
올챙잇적

아이들은 한마디로 천방지축이었다. 공부방에 오면서 책 한 권 들고 오지 않고 연필 한 자루 가져오지 않았다. 그저 마술사와 로봇, 괴상한 식충 식물이 그려진 카드만 호주머니 볼록하게 넣어 왔을 뿐이다. 공부방 이모가 이야기를 시작해도 자기들끼리 큰소리로 지방 방송을 해대기 일쑤였다. "이야기하고 싶은 사람은 나가서 해도 좋아"라는 말을 몇 번 반복하고 나서야 소란이 그쳤다.

"우리 나라가 어떻게 시작되었을까?"

이렇게 말문을 열자, 두세 명의 아이만 다가앉고 나머지 다섯 아이는 졸린 표정으로 벽에 기대어 있었다. 그림을 그리자고 하니, 가지고 놀던 카드를 꺼내어 용이나 로봇을 보고 그렸다. 하아! 어디서부터 시작해야 할지 난감했다.

공부방을 마치는 시간, 나는 "우리 친구들을 보고 이모는 느낀 점이 있어" 하고 말했다. 녀석들은 그 말에 귀가 솔깃했는지 모두 주의를 집중했다.

"우리가 좀 못했죠."

한 아이가 미리 앞질러 갔다.

"이모가 친구들 노는 걸 보니, 온종일 싸우는 로봇 생각이야. 가장 많이 하는 생각이 영혼을 이루는 건데 말이야. 우리가 사는 것도 영혼을 더 밝고 크게 만들어가려는 것인데, 우리는 주로 무슨 생각을 하며 하루를 보내는지 집에 가서 조금이라도 생각해 보자."

아이들은 의외로 귀를 기울였다. 아이들에게 즐거움과 함께 좋은 습관을 길러주고 싶은데, 나의 무딘 감각이 아이들을 지루하게 하고 있으니 좀 한심하다는 생각이 들었다.

사제관에 들러 신부님이 가지고 계신 책 중 교육에 관한 것 두 권을 빌렸다. 그 중 하나인 《일기 쓰기 어떻게 시작할까》라는 책을 보기 시작했다. 경북초등학교 교사이신 윤태규 선생님이 쓰신 책인데, 체험이 생생하게 살아있어 재미있기도 하고, 아이들이 일기를 쓰며 조금씩 성장해 가는 과정을 볼 수 있어 꽤 도움이 되었다. 아이들의 일기 속에는 그들의 생활이 고스란히 들어 있었다. 교실에서 싸우고 떠들면서도 스스로 느끼고 알아가는 그들의 내면도 알 수 있었다. 그것을 보며, 지금 당장 아이들의 행동이 어떠해야 한다고 여기는 내가 이미 화석화된 사고를 가진 완고한 어른이라는 것을 깨달았다.

아이들은 아직 자신들의 행동 하나하나를 바라볼 수가 없다. 그러기엔 그들에게 세상은 아직 미지의 것이고 느껴야 할 세계가 많은 것이다. 아이들에게 새로운 세계를 제시해 주는 것이 내 할 일임을 알겠다. 그러기 위해 나의 눈은, 세상을 호기심으로 바라보던 올챙잇적 시절의 것으로 돌아가야 한다. 개구리에게 올챙이는 다시 새로운 존재인가.

첫 수확

지난 월요일, 공부방 아이들에게 '일기 쓰기'를 제안했다. 일기 쓰기를 통해 아이들 속에 들어 있는 솔직한 마음을 내놓게 할 수 있고, 우리 말 잘 쓰는 법도 배울 수 있으며, 관찰력도 키울 수 있을 것 같아서였다. 또 내가 아이들의 마음을 읽어 적절히 반응하는 데에도 도움이 될 것이었다.

"일기 쓰기를 함께 해볼 사람 손 들어봐."

나의 말에 유창이 혼자 저요, 하며 손을 들었다. 시호는 손을 들까 말까 하며 다른 아이들의 눈치를 살폈다. 다른 아이들이 모두 고개를 가로젓자 시호는 "저도 안 할래요" 한다.

"그래? 일기 쓰기가 싫구나. 이모 생각엔 우리 모두 일기를 공부나 숙제라고 생각하고 있는 것 같아. 그래서 하기 싫어지고. 그런데 일기는 그런 게 아냐. 우리에겐 너무너무 하고 싶은 얘기가 있잖아. 예를 들면 억울하다거나 화가 난다거나, 뭐 그런 느낌 말야. 그런 걸 쉽게 풀어 놓을 수 있는 게 일기거든. 이모는 너희들 안에 하고 싶은 이야기가 많을 거라 생각하는데…… 자, 다음 시간까지 잘 생각해 보고 와."

우리는 이렇게 헤어졌다.

나는 읍내에 가서 일기장으로 쓸 공책을 충분히 준비했다. 표지도 밝고 예쁜 그림이 있는 것으로 골랐다.

수요일이 되어 공부방에 가보니 아이들은 일찍 와서 놀고 있었다. 지난번까지는 카드를 가져와서 놀았는데, 어쩐 일인지 카드를 가져오지 않았다. 좋은 일이었다. 열 명의 아이들이 모두 둥근상에 둘러앉자, 유한이가 "우리 일기 쓰기로 했어요. 그치?" 하며 아이들을 둘러보았다. 아이들은 고개를 끄덕거렸다. 반가운 마음에 "그래?" 하며 일기 쓸 공책을 하나 꺼냈다.

"누구 먼저 줄까? 이름 불러봐."

아이들은 차근차근 자기 이름을 불러주었고, 나는 표지에 이름을 적어 건네주었다. 아이들도 무척 좋아하는 눈치였다.

다른 아이늘의 일기를 모아놓은 책에서 몇 개의 글을 읽어주었다. 되도록이면 서투른 것으로 골라 읽어주었다.

"오늘 있었던 일 중 가장 기억에 남는 것 있지? 오늘 일이 아니라

도 좋아. 한번 써보자."

아이들은 기다렸다는 듯이 공책을 가지고 뿔뿔이 흩어졌다. 아이들
이 즐겁게 일기 쓰는 것을 보며 내 가슴에는 잔잔한 기쁨이 물결쳤다.

사랑해요

희경이, 재경이, 유한이, 종범이, 유창이. 오늘은 다섯 명의 아이들
이 왔다. 일주일 만에 여는 공부방이어서 다른 아이들은 잊어버리고 오
지 못했다. 놀기 좋아하는 희경이가 오늘은 웬일인지 영어 게임을 하자
고 한다. 다른 아이들도 덩달아서 가르쳐달라며 둥근 상 앞에 앉았다.

동물 이름과 숫자로 이루어진 카드로 게임을 하며 신나는 영어 공
부를 했다. 발음도 고쳐서 해보고 숫자도 더 많이 세어보았다. 모두 잘
따라했다. 게임이 끝나자, "이모는 우리 친구들이 좀 이상한 것 같아"
하고 말문을 열었다.

"왜요?"

아이들이 합창을 했다.

"이모는 다리가 하나밖에 없잖아."

내 말에 희경이는 시선을 아래로 떨어뜨렸고 다른 아이들은 고개

를 끄덕였다.

"그런데 궁금하지도 않아? 왜 그런지?"

아이들은 "궁금하긴 했는데……" 하며 얼버무렸다.

"이모가 이야기해 줄까?"

그러자 아이들은 "네!" 큰소리로 대답하며 다가왔다.

"이모는 암에 걸렸었어. 골반뼈에 크게 암이 자라서 항암제도 먹고 주사도 맞았어. 머리 다 빠지고 눈썹도 빠지는 약 알지?"

"네."

"그런 약을 썼는데, 이모 피 속에 있는 백혈구가 많이 죽었어. 암세포는 더 자라고. 암세포가 어떤 건지 알아?"

나는 공책에 세포를 그리고 핵과 세포체들을 그렸다. 세포의 구조와 하는 일들을 알려주고 나서 유전자 정보가 바뀌어 이기적인 존재가 되어버린 암세포를 설명해 주었다.

"의사 선생님이 이모에게 더 이상 항암제를 쓸 수 없다고 하셨어. 그리고 수술을 할 수는 있는데 매우 위험해서 수술중에 죽을 확률이 반이라고 하셨어. 수술하지 않고 살 수 있는 것은 일 년 정도라고 하셨어. 이모는 남아 있는 삶을 최선을 다해 살아야겠다고 생각했어. 그래서 수술은 받지 않기로 했어."

아이들은 이제 모두 진지한 표정이 되어 있었다. 유한이는 걱정스런 표정으로, "하지만 반은 살 수 있는 거잖아요" 했다. 개구쟁이 희경이는 눈물을 글썽거렸다.

"그래도 이모는 확실하게 살아있는 그 삶을 선택했어. 그러고 나서 최선을 다해 산다는 것은 무엇일까 하고 생각해 보았어. 그게 무엇이었을까?"

아이들은 내 얼굴을 바라보았다. 유한이가 "가르치는 것이요" 하자, 다른 아이들도 "네, 맞아요, 아이들을 가르치는 것이에요" 했다.

"그래, 그것도 들어가지. 그런데 이모가 알아낸 것은, 만나는 모든 사람들을 사랑하는 것이었어. 이모 속에 들어 있는 사랑을 다 주고 사랑을 받는 것."

아이들은 고개를 끄덕였다. 아이들의 끄덕임이 참으로 큰 기쁨을 전해주었다.

"그런데 어느 날 이모 동생에게서 전화가 왔단다. 컴퓨터와 로봇이 하는 방사선 치료가 있는데 한번 받아보면 어떻겠냐고. 이모는 많이 아파서 잠을 못 잤거든. 만약 그보다 좀 덜 아프면 사람들에게 웃음을 줄 수 있을 것 같아서 한번 병원에 가보았단다. 그런데 그 치료는 이모에게 해당이 안 되는 거래. 암덩어리가 너무 커서 전혀 효과가 없는 거였

어. 이모를 담당한 의사 선생님은 이모를 살리고 싶어서 수술실에 계시는 정형외과 선생님께 뛰어가 엑스레이 사진이랑 컴퓨터 단층 사진을 보여드리고 상의하셨대. 그래서 정형외과 선생님이 이모에게 바로 오셔서 만져보시고, 수술이 가능하고 그 후엔 활동도 할 수 있다고 하셨어. 그분은 아시아에서 가장 뛰어난 실력을 가지셨대."

나는 공책에 몸을 그렸다. 골반과 다리를 제대로 그려서 잘라낸 부분을 볼펜으로 표시해 보여주었다.

"이렇게 잘라낸 거야. 그래서 나았어. 이모 담당 선생님은 항암제를 하자고 하셨는데, 이모는 그것으로 만족했어. 대신에 유기농으로 지은 잡곡과 채소를 먹었지. 한 달 후에 혈액 검사를 해보니 깨끗한 거야."

잠시 아이들을 살폈다. 아이들은 여전히 심각하고 조용했다. 그 시끄럽던 아이들은 다 어디로 갔나? 웃음이 나오는 것을 지그시 참았다.

"이모는 최고의 약이 무엇인지 발견했어. 그게 무얼까?"

아이들이 합창으로 대답했다.

"유기농 채소요. 과일이랑 쌀, 그런 거요."

"그래그래, 그것도 맞아. 유기농을 짓는 것은 사람을 살리는 일이

야. 하지만 더 좋은 약은 하느님이야. 이모는 가슴속에 살아계신 하느
님을 만났단다. 그래서 느끼고 이야기하고 해. 죽음이 가까워도 무섭지
않았어. 영혼이 몸을 떠나도 하느님과 함께 있으니까 좋지. 그리고 사
람들의 사랑, 기도…… 그런 것이었어.”

아이들이 이야기를 다 듣고 배고파해서 군만두를 만들어 먹였다.
때늦은 발렌타인데이 초코케이크도 나눠 먹었다. 주님의 기도를 가르
쳐주니 조용히 잘 들었다. 기도 속에 있는 하늘은 파란 창공이 아니라
는 것도, 땅은 우리가 딛고 사는 그런 땅이 아니라는 것도 잘 이해했다.

집으로 돌아가며 아이들은 한 사람씩 안기며 처음으로 속삭였다.
“사랑해요.”

소풍

아이들과 소풍을 갔다. 소담스런 사찰 쌍계사를 끼고 돌아 첨찰산
의 열린 품속으로 들어갔다. 규진이, 정서, 희경이, 재경이, 형섭이, 종
범이, 시호, 근영이, 대건이, 유한이와 고모, 나, 이렇게 열두 명이 한
무리를 이루어 갔다.

첨찰산은 들어서자마자 우리에게 아름다운 자리를 내주었다. 수정

같이 맑은 물이 흔들흔들 달려가는데, 그 곁에는 선홍색 꽃망울을 주렁주렁 달고 있는 키 큰 동백나무들이 우리를 내려다보며 서 있었다. 아이들은 계곡으로 숲으로 저마다 뛰어가 안겼다. 유한이와 종범이가 동백꽃을 땄다.

"따지 말지! 아플 텐데."

내 말에 유한이는 웃으면서 "안 아프게 따요" 했다. 그 말을 듣고 보니 아이들은 꽃을 통째로 조심스럽게 따서는 꽃망울의 꽁무니를 따고 입을 댔다.

"아이, 달다."

두 아이는 입맛을 쩝쩝 다시며 꽃 속에 담겨 있던 꿀을 핥았다. 그 입 모양이 참 예쁘기도 했다.

점심을 나눠먹고 나자 아이들은 산을 오르자고 했다. 정서와 형섭이는 나와 함께 남고, 나머지 아이들은 고모와 정상을 향해 올랐다. 정서는 양말을 벗어던지고 물속을 걸어 다녔다. 형섭이는 쓸 만한 나뭇가지를 찾아다녔고, 나는 투명한 물결 위에 붉은 동백꽃을 띄우며 놀았다. 형섭이는 지팡이 모양을 한, 꽤 쓸 만한 나무 막대기를 하나 발견해서 곤봉 돌리기를 해보였다. 말이 없고 수줍은 형섭이의 실력이 만만치가 않았다. 참 놀라웠다.

"제가 무술을 좀 해요. 합기도를 배웠거든요."

형섭이가 감탄하는 내게 설명해 주었다. 말하는 품새도 의젓했다. 얼굴만 봐도 부끄러워 도망가 버리던 형섭이가 아니었다.

그동안 정서는 동백나무 아래에서 신기하게 생긴 풀을 발견했다.

"이모, 이리 좀 와봐요!"

정서가 부르는 소리에 부스럭거리며 가보니 네잎클로버 비슷하면서도 그보다는 좀 굴곡이 많은 풀이 군락을 이루고 있었다.

"이상하게 생겼죠."

정서는 풀을 이리저리 살피며 말했다.

"식물도감을 찾아보자, 이름이 뭔지."

내 말에 정서는 당장 몸을 움직이기 시작했다.

"화분을 만들어야겠어요."

누군가 계곡물에 흘리고 간 초록색 유리병을 찾아 흙을 담기 시작했다. 나는 낙엽들을 살살 치우고, 줄기랑 뿌리가 어떻게 뻗어 있나 살펴보았다. 작은 풀인데도 매우 굵은 뿌리를 가지고 있었고, 잔뿌리도 많이 달려 있었다. 막대기로 흙을 살살 긁어, 되도록 뿌리가 다치지 않도록 풀을 캐내었다. 정서는 풀을 병에 잘 심었다.

　　이제 우리 셋이서 산을 올라간 친구들을 마중 나가기로 했다. 가는 길 중간에 시냇물이 졸졸 흐르고 있어 징검다리를 건너야 했다. 정서는 그것을 걱정했다. "가다가 강이 나오거든요" 하면서. 나는 그 말을 이해하지 못하다가 징검다리를 만나자 비로소 알게 되었다. 두 다리가 다 있을 때에는 그곳에 시냇물이 흐르고 있다는 것조차 눈치 채지 못하고 건너다녔던 것이다. 하지만 이젠 명확하게 '여기 시냇물이 흐르고 커다란 돌이 놓여 있구나' 하고 인식하게 되었다. 나는 아이들에게 목발을 맡기고, 돌에 걸터앉아 앉은걸음으로 돌 반대편에 이르고, 건너편 돌을 짚으며 발을 얕은 물속으로 디뎌 다른 돌로 이동하는 식으로 물을 건넜다. 정서는 그제서야 안심했다.

　　한참을 걸어가니 아이들의 고함 소리가 들렸다. 유한이와 희경이, 종범이가 뛰어 내려오고 있었다. 그것을 보자 우리는 다시 발걸음을 돌려 산 아래로 향했다. 정서와 나는 바위 위에 손가락을 길게 뻗으며 퍼져 나가는 이끼들을 보았다. 귀엽지 않냐는 내 말에 고개를 끄덕이던 정서는 돋보기를 대고 자세히 살폈다. 이끼의 독특한 색깔과 모양에 빠져 있는데, 유한이가 내 어깨를 톡톡 쳤다. "이모, 이끼는 아까도 봤잖아요. 빨리 오세요, 제가 물 건너는 법을 알려드릴게요" 하는 것이었다.

　　"그래?"

호기심에 발걸음을 재촉해 아까 건너왔던 시냇물에 당도했다. 유한이는 "그 기관총은 저 주시고요, 이렇게 해보세요" 하며 물 위를 한 발로 톡톡톡 뛰는 것이었다. 물론 유한이의 신발과 옷은 몽땅 젖었다. 그 모습이 하도 우스워 한바탕 깔깔거리며 웃었다. 아이들은 거기에서 물수제비를 뜨며 놀았다. 돌이 수면에서 통통통 튀었다.

봉고차에 꽉 차게 앉아 돌아오면서도 아이들은 쉴 새 없이 떠들고 장난을 쳤다. 대건이가 가져온 고구마를 나눠 먹으며 마무리를 했다. 이제 봄이면 2학년이 되는 대건이가 먹고 있는 고구마를 6학년 올라가는 규진이와 유한이가 서로 노리자, 대건이는 "그러려면 나눠서 먹어!" 하고 소리치더니 쩍 갈라서 한 쪽씩 주는 것이었다. 우리 공부방 아이들을 보면, 철이 든다는 것과 나이는 무관한 것 같다. 점심때도 대건이는 만두와 김밥을 먹지 않고 서성거리고 있었다. 내가 대건이를 불러 먹기를 권하자 그제서야 김밥과 어묵을 먹었는데, 꽤 잘 먹었다. 나중에 대건이는 "이모, 아까 내가 김밥 왜 안 먹은 줄 알아요?" 했다. 그래서 이유를 물어보니 "모자랄까봐 안 먹은 거예요" 한다. 속이 깊은 친구이다. 우리는 이렇게 섞여서 재밌는 소풍을 다녀왔다. 아직도 친구들 얼굴이 눈에 선하다.

얻어먹고 산다

학교 동창들을 만나면 으레 받는 질문이 "어떻게 먹고 사느냐?"이다. 시골에서 돈 버는 일 없이 그냥저냥 살아가는 모양이 신기하거나, 걱정이 되거나, 그래도 대책이 있겠지 하는 궁금증 내지 호기심이 깃든 표정으로 던지는 질문이다. 그럴 때마다 대답은 "얻어먹고 살지"이다. 별다른 대답이 있을 리 없다. 먹고 사는 데 특별히 계획을 세우는 일이 없기 때문이다.

동창들과 만남을 갖고 오자 '내가 좀 잘못되었나?' 하는 생각이 잠시 뇌리를 스쳤다. 그러나 여전히 맛있는 밥상을 즐기고 있고, 깨끗한 옷을 입고 있으며, 아름다운 집에 살고 있고, 사랑하는 벗들이 곁에 있는 이 순간, 이상한 고민을 할 필요가 없다는 것이 곧 자명해졌다.

모든 선물은 이유 없이 주어지고 있는 것을. 의식은 이 선물에 대한 이유를 따지는 데 낭비되지 않고 통째로 커다란 흐름을 주시할 뿐이다. 그 흐름 속에는 내가 걸을 적당한 방향과 보폭, 일이나 놀이의 형태와 역할 등이 주어진다. 움직일 때와 쉴 때가 번갈아 찾아온다. 그것을 애써 계획할 필요가 없다. 그러다간 순간의 발걸음을 놓치게 될 뿐이다.

자연 속에 있으니, 모든 생명체가 서로에게 얻어먹으며 사는 것을 눈으로 본다. 지나치게 애를 쓰는 것은 욕심 때문이다. 적당한 노동과 마음씀으로 건강과 즐거움을 얻으면서 우리 모두는, 땅과 바다와 하늘로부터 얻어먹으며 산다. 한때 그것을 몰라 무척 힘을 들이며 살던 때도 있었다. 얻어먹지 않기 위해 오히려 다른 이의 것을 빼앗아오던 때가 있었다. 그것이 노력의 대가라고 여기던 그런 때가 있었다. 우리는 누구나 서로에게 얻어먹는다. 창조주로부터 얻어먹으며 산다. 그것은 매우 감사하고 즐거운 일이다. 사랑을 주고받는 일이기에.

돌 다듬는 사람

돌담을 쌓고 있다. 나는 몇 미터 떨어져 앉아 그 광경을 바라보고 있다. 연세가 지긋한 분들의 여유로운 몸놀림, 손놀림은, 그것이 뙤약볕 아래의 노동이라는 것을 잊게 해줄 만큼 멋스럽다. 특히나 돌을 하나하나 얹어가는 석수 아저씨의 모습은 나의 눈길을 끌어당기기에 충분한 어떤 매력이 있다. 그는 주위를 살피고 돌을 하나 집어든다. 그러고는 그것을 진흙이 덮인 담장 위에 잘 가늠해서 놓고 통통한 망치로 가볍게 두들겨 전체 모양이 반듯하도록 고정시킨다. 어떤 돌은 힘센 망

치질을 받아야 한다. 날카로운 부분이 깨어져나가고 나면 편편하게 옆에 앉은 돌들과 어깨동무를 할 수 있게 된다. 천천하고 쉼 없는 그의 손길에 돌들은 얌전한 어린아이들처럼 예뻐진다.

구경중에 참 재미있는 점을 한 가지 발견한다. 그것은 그가 한번 집어든 돌을 결코 다시 내던지지 않는다는 것이다. 숙련된 눈썰미로 그는 적당한 돌을 골라내고, 집어들어서 크기가 맞지 않으면 망치를 휘둘러 조각을 내고, 톡톡 두드려 각을 죽이고, 여러 개의 면들을 이쪽저쪽 살핀 후 기어이 제자리에 올려놓는다. 문득 이 초로의 석수가 신과 같다는 생각을 해본다. 제멋대로 생긴 돌들을 읽어내고, 끝내 있을 자리에 앉힐 때까지 숙고하는 그의 정성과 인내에는 나를 숙연하게 하는 힘이 있다. 나는 넘치는 존경심을 그득 안은 채 신비로운 눈길로 그 아름다운 풍경을 감상하고 있다.

베로니카를
생각하며

종일 한 사람을 생각하고 있다. 더위에 땀을 흘리면서도, 느릿느릿 움직여 방을 정리하면서도, 전화를 받으면서도, 손님들을 맞이하면서도, 사이사이 잊히지 않는 사람이다. 하루가 다 지나고 이젠 버리고 떠날 시간이 되었는데도 여전히 뇌리에 남아 무엇인가를 쓰게 하는 사람이다. 무엇을 하고 있을까? 잠자리에 들었을까? 베로니카의 목소리는 아직도 생생히 남아 자꾸 눈시울을 적신다. 전화선을 타고 울먹이던 그 목소리가……

베로니카는 햇살같이 밝은 사람이다. 남편 미카엘 씨 곁에 있을 땐 활짝 핀 꽃과 같은 얼굴로 싱싱 웃으며 투정도 부린다. 순하디 순한 마음의 소유자인 그녀는 보험 회사에 다닌다. 그러면서도 아이들의 간식까지 세심하게 챙기는 알뜰한 엄마이다. 암으로 투병중인 미카엘 씨에게 무슨 일인가 생긴 것이다. 그래서 그 햇살처럼 밝고 샘물같이 맑기만 한 그녀가 말을 미처 다 잇지 못하고 울먹이고 있었던 것이다. 내 속도 금방 다 젖어버렸다. 나도 말문이 막혀버렸다. 응급실로 빨리 가야 했다.

병상에는 산소 마스크를 쓴 채 엉거주춤 미카엘 씨가 누워 있었고, 베로니카는 약간의 수심 어린 미간을 빼고는 말끔한 얼굴이 되어 곁에 서 있었다. 미카엘 씨는 성대가 너무 부어서인지 목에서 가래가 나오고 숨을 잘 쉬지 못했다. 아무래도 작은 읍내 병원에서 해결할 수 있는 상황이 아닌 듯했다. 우리 모두는 서울로 가야 할 것 같다는 데 의견을 모았다. 베로니카는 침착하게 집으로 가서 입원 준비를 하고, 아이들을 불러 당부를 했다. "엄마가 멀리 가니까, 애들아 이리 좀 와봐." 이렇게 아이들을 조용히 불렀을 것이다. 그리고 이런저런 당부를 했을 것이다. 베로니카가 집으로 가고 없는 동안 나는 미카엘 씨를 돌보며 응급실에 머물러 있었지만, 줄곧 그녀와 함께 있었던 것처럼 느껴진다.

구급차를 불러 미카엘 씨를 옮겨 태우고 베로니카는 주위 사람들에게 인사를 한 후 남편의 침상 곁에 자리를 잡았다. 그러고 나서 조용한 웃음을 남기고 떠났다. 그녀의 눈물과 웃음. 왜인지 아직도 모르겠지만, 그 두 가지가 나를 울린다. 사랑은 뒤에서 우는 것인가 보다.

미카엘 씨를
보내며

박강남 미카엘 씨가 우리 곁을 떠났다. 그는 떠났는데 오히려 우리가 그의 내음 속에 묻혀버린 듯하다. 어린아이같이 천진한 그의 웃음이 눈잎에 어른거린다. 그의 자상한 목소리가 귓전에 선하고, 그가 품었던 가족에 대한 사랑이 가슴을 울린다. 생전에 함께 나누었던 그의 꿈도 되살아난다. 그는 자신이 가졌던 것과 버린 것 들을 다른 이들과 이야기하고 싶어했다.

　베로니카를 부둥켜안고 슬픔을 나누었다. 그래도 함께 있으면서 많이 사랑했으니 잘한 일이다. 미카엘 씨는 마지막까지도 나을 수 있다는 희망을 지니고 있었다. 그 희망이 집착이었다고 생각하진 않는다. 그 희망은 미카엘 씨의 영혼을 밝고 힘있게 해주었을 것이다.

　어머니는 가슴이 찢어지도록 통곡하셨다. 이제 초등학교 6학년인 규진이는 상복을 걸치고 문상객들의 절에 답례하며 굵은 눈물을 뚝뚝 떨구었다. 아직 실감이 나지 않는 정서는 말총머리를 흔들며 발랄하게 뛰어다녔다. 이제 미카엘 씨 가족이 아닌 우리의 가족이다. 미카엘 씨가 우리 사이에서 사랑으로 부활하게 될 것이다.

섬에 온
무탄트

　외출할 시간, 열어놓은 창문을 닫아 잠그고 집 안을 휘 둘러본 뒤 현관을 나선다. 아차, 열쇠를 잊어버리고 나왔다. 다시 현관문을 열고 들어가 오디오 위에 얹어둔 열쇠 꾸러미를 집어 들고 나와 현관문 손잡이에 박힌 자물쇠에 열쇠를 맞추어 넣는다. "딸깍." 가까운 곳이건 먼 곳이건 집을 나설 때면 반복되는 풍경이다.

유난히도 무더운 올해 여름, 바닷바람이 들어오는 창문을 닫아걸고 외출해 돌아오면 집 안은 후끈 달아올라 그야말로 찜통이 되어 있었다. "아이고, 이거 찜통이네, 찜통이야……" 하며 투덜대고 있는데 옆집 현지 엄마가 다가오다가 한마디 한다.

"문 열어놓고 다녀요. 왜 닫고 다닌대요?"

현지 엄마는 한심하다는 표정이다. '그러게…… 왜 생고생을 하며 문을 닫아거느라 야단이었지?' 이런 생각을 하고 있는데, 고모가 손뼉을 치며 웃는다.

"하하하! 글쎄 말야. 가져갈 것도 없는데……"

현지 엄마는 한숨을 푹 내쉬며 "아이구, 차 없으면 사람 없나부다 하고 아무도 안 와!" 한다. 생각도 행동도 서울에서 배운 것을 가지고 와 몇 년 동안 별 생각 없이 하고 있었다. 그러고 보니 우리 동네에서 집 비울 때 문 잠그는 집은 우리 집 말고는 없다. 집 문을 잠그며 "딸깍" 소리가 나면 마음의 문까지도 함께 닫힌다. '다른 사람들이 오지 못하게 해야 한다'는 생각도 그 마음 위로 떠오르면서 말이다.

오래전 미국의 한 작가가 쓴 《무탄트》라는 책을 읽은 기억이 있다.

주인공은 뉴질랜드의 한 부족으로부터 초대를 받아 그들과 함께 생활하게 된다. 그 부족의 이름은 '참사람 부족' 이었다고 기억한다. 이 부족은 소유 없이 옮겨다니며 살아간다. 여행중에 부족의 연장자는 젊은 이들에게 지혜를 가르쳐주고 자연의 혜택을 누리는 법과 그들과 조화롭게 살아가는 법을 가르친다. 참사람 부족은 문명 속에서 사는 사람들을 돌연변이, 즉 '무탄트' 라 부른다. 지구의 생명에 무관심하고 무지한 사람들, 자연을 파괴하는 사람들이 그들의 눈에 정상적인 존재로 비칠 리 없었던 것이다. 그 이야기를 읽으면서 나 자신이 무탄트라는 것을 알게 되었다. 우리의 몸 속 세포들도 몸을 해롭게 하는 정보를 되풀이해서 접하면 그 정보에 세뇌되어 유전자의 정보가 바뀌고 몸에 해로운 활동을 하게 된다. 그 책을 읽었을 때와 같이, 여전히 돌연변이된 정보를 가지고 있는 나 자신을 바라보게 된다. 습관이란 무섭다. 진리도 아닌 것이 진리 노릇을 하려 한다.

현지 엄마는 중얼거리며 자리를 뜬다.

"어휴! 요 앞에 나가면서도 문을 잠그더라니까."

아마도 꽤 오랫동안 어리석은 짓을 반복하는 무탄트를 보며 참고 참은 끝의 한탄일 것이다.

지붕 올리는 사람들의 풍경

돌과 흙으로 만든 네모난 공간 위로 지붕이 올라간다. 예순여섯 개의 서까래가 중심에 위치한 작은 정사각형에 머리를 맞댄 채 부챗살처럼 퍼져 있는 모양이 참 아름답다. 그 위로 합판을 재단해 올려놓고 평형을 잡아 못을 박는 소리가 쿵쾅쿵쾅 분주하다. 해는 하늘 가운데에서 지글지글 타오른다. 삼복 무더위에 일을 하는 것은 그리 어울리는 짓이 아니다. 사람은 사람대로 지치고 일은 일대로 앞으로 나아가지질 않는다. 합판에 콜타르만 입혀지면 다음 일은 모조리 선선한 가을로 미루리라 생각한다. 한 시간 전에 아침참을 먹고 올라간 사람들이 땀을 비 오듯 흘리며 다시 내려온다. 이제 그늘 아래에서 햇볕이 누그러들 때까지 쉬어야 할 것이다.

목수 우형 씨와 상만 아저씨가 담배를 피워 물고 규형 씨는 그 옆에 엉거주춤 자리를 잡는다. 세 사람은 바닷바람이 싱싱 불어오는 창가에 각목을 세우고 그 위에 합판을 얹어 만든 임시 침대에 걸터앉거나 눕거나 한다. 담배 연기를 날리던 우형 씨가 아이들을 위해 들어놓은 보험 이야기로 말문을 연다. 우형 씨는 아내와 아이 둘을 이곳 귀성마을에 남겨둔 채 서울에 가서 고층 빌딩을 짓는 일을 한다. 하루 일당 30

만 원을 받는다는 그는 자기가 다치거나 죽으면 4억 원을 탈 수 있다는 보험 이야기를 쉬는 시간마다 한다. 그의 보람은 아이들이 자라는 것이다. 우형 씨는 상만 아저씨에게도 보험을 들어놓으라고 권유한다. 그러자 상만 아저씨는 나라에서 하는 건강보험도 못하고 있다며 고개를 젓는다. 우형 씨는 "아니, 한 달에 단 2만 원 정도가 없어서 그것을 못한단 말이오?" 하며 어이없다는 표정을 짓는다. 농사를 짓는 상만 아저씨에겐 도시에서 학교 다니는 아들에게 보내는 용돈이 더 다급한 것이다.

"너야 배웠고 도시에서 돈벌이를 하니까 그것을 할 수 있지만, 나야 농사밖에 모르니…… 오죽하면 내가 노가다를 시작했겠냐."

상만 아저씨는 겸연쩍은 웃음을 흘린다. 우형 씨의 형인 규형 씨는 우직한 몸집을 합판 한 귀퉁이에 부리고 앉아 그저 이야기에 귀를 기울이고 있다.

사람이 사는 모습은 가지각색이다. 집 짓는 데에는 일가견이 있다고 자기를 들어 올리는 우형 씨의 눈은 그러나 지치고 슬퍼 보인다. 돈이 없어 아들에게 용돈을 충분히 보내지 못하는 상만 아저씨는 수줍음 속에 서글픔을 담고 있다. 손가락이 몇 개 잘려서 무슨 일이건 날렵하게 할 수 없는데다가 몸이 무겁고 체력이 약한 규형 씨는 왠지 기가 죽은 모습이다.

  이러한 사람들이 만든 집에서 그러한 사람들이 만나 좀 다른 이야기를 나누게 될 것이다. 눈에 보이는 것들 때문에 실망하고 욕심내고 애쓰고 절망하는 우리네 삶을 접어두고, 놀라운 존재인 '나'에 대해 이야기할 것이다. 있는 것을 찾아내는 눈을 뜰 것이고, 찾아낸 것을 나누는 법을 배울 것이고, 새로운 세계를 창조하는 법을 훈련할 것이다.

  이러한 이야기들을 입 밖에 내어 말하니 세 사람의 눈이 밝게 빛나기 시작한다. 상만 아저씨는 "그래도 그런 깨달음을 가지려면 많이 배워야 하잖아요" 한다. "아뇨, 배운 걸 지우는 데 세월이 많이 걸리죠. 하지만 진짜 공부가 필요해요" 그렇게 대답하며 나는 그에게 가까운 이웃이 될 것을 다짐해 본다.

  "이렇게 아름다운 곳에 살면서 행복한 걸 모른다면…… 다시 생각해야 해요."

  자리를 털고 일어나며 말하는 내게 우형 씨가 문득 답한다.

  "난 그걸 알아요!"

  돌아보니 그의 눈에 웃음이 가득 담겼다.

  "이른 새벽에 낚싯대를 들고 바다에 나가면 해가 뜨거든요. 빠알간 해가요. 그럼 어떤지 알아요?…… 그 속으로 들어가고 싶어져요."

작은
꽃들의 집

이화 님!

목포 나들이는 좋았습니다. 사실, 이화 님을 만나러 가야겠다고 생각했을 때에는 홀로 살아가시는 이화 님을 조금이나마 위로해 드릴 수 있을까 해서였습니다. 결론부터 말씀드리자면 오히려 제가 이화 님의 든든하고 푸근한 사랑을 듬뿍 받고 돌아왔습니다. 내어놓고 나누어주신 마음속의 아픔은, 함께 찾아갔던 베로니카에게 따뜻한 위로가 되었습니다. 같은 아픔이 그렇게 좋은 약이 될 수 있더군요! 이화 님이 남편 잃은 베로니카를 끊임없이 생각해 주고 계심을 느낄 수 있었습니다.

이화 님의 방이 떠오릅니다. 향기 좋은 난이 창가에서 꽃을 피우고 있었습니다. 가지런히 정리된 책꽂이 옆에 묵향이 풍기는 붓과 종이와 벼루, 벽에 걸어놓은 단정한 글씨들…… 이화 님이 쓰라린 그리움과 막막한 외로움 중에서도 영혼을 닦고 가꾸어가시는 흔적을 엿보았습니다. 30년의 세월을 고스란히 바쳐 같이하던 남편과의 이별, 그 익숙한 세상과의 이별은 죽음의 체험과도 같은 것이 아닐는지요. 이화 님은 이미 하나의 죽음을 체험하셨지요. 그리고 전혀 다른 인생을 살기 시작하셨습니다. 우리는 이화 님의 그 새로운 삶의 무대에 초대받았습니다.

유달산, 자동차로 등성이를 오른 다음 열두 개의 계단을 더 올라 다다른 곳. 가난한 집들이 서로 어깨를 기대고 살아가는 곳이었습니다. 가장 높은 곳에 소담스레 앉은 집, 그곳 대문 옆으로 '작은 꽃들의 집'이라는 팻말이 앙증맞게 붙어 있었습니다. 작은 대문을 들어서니 아이들의 왁자한 소리가 들렸습니다. 부모에게 버림받고 할머니나 할아버지와 사는 아이들이었습니다. 손님이 왔다는 이화 님의 전갈에 작은 꽃봉오리 같은 머리들이 마당으로 삐쭉삐쭉 나와 우리를 맞았습니다. 더군다나 다리가 하나밖에 없는 사람을 보았으니, 그 신기함이 어떠했겠습니까? 마당에 들어서자마자 외다리가 왔다는 소문이 방 안에 금방 퍼졌고, 방 안에 들어가 앉으니 금세 아이들 특유의 솔직담백한 질문이 날아왔죠.

"다리가 어디로 갔어요?"

국어 공부를 지도하고 계시던 수녀님은 마침내 아이들을 손에서 놓아주셨죠.

"이제, 선생님한테 가봐."

스무 명의 아이들이 제 주위에 모여들어 덥긴 했지만, 아이들의 그 맑고 예쁜 기운을 담뿍 받으며 암으로 아팠던 이야기를 즐겁게 해주었습니다. 아이들의 호기심은 금방 친근감으로 바뀌어 "여기 자주 올 거예요?" 하고 넌지시 물어보는 것이었습니다. 아이들의 밝고 열린 마음을 접하면서 이화 님이 어떤 존재로 그곳에 계시는지를 알 수 있었습니다. 여름 방학 동안엔 학교 급식이 없어 점심까지 챙기고 계셨죠.

이화 님은 아이들의 엄마입니다. 아이들은 작은 집에서 관심과 사랑을 받고, 밥도 먹고, 친구들하고 놀며 가끔 다투고 화해도 하고, 공부도 하며 하루를 지냅니다. 한 사람으로 인해 아이들에게 그 모든 것들이 주어질 수 있다는 것은 기적과도 같았습니다. 게다가 그 한 사람은 아이들 때문에 살아갈 수 있다고, 살기 위해 아이들과 함께 있는 것이라고 했습니다. 아이들은 그 한 사람에게 생명이 되어주고, 한 사람은 아이들에게 사랑이 되어주고 있었습니다.

처마 밑으로 보이는 하늘이 호수처럼 시원하고 맑았습니다. 유달산은 가난하지 않았습니다. 어깨를 맞대고 서 있는 작은 집들이 아기자기하고 풍성해 보였습니다. 그리고 비탈길 열두 개의 계단을 내려오며 아름다운 시 하나가 떠올랐습니다.

내가 그의 이름을 불러주기 전에는

그는 다만 하나의 몸짓에 지나지 않았다.

그의 이름을 불러주었을 때

그는 나에게로 와서 꽃이 되었다.

내가 그의 이름을 불러준 것처럼

나의 이 빛깔과 향기에 알맞는

누가 나의 이름을 불러다오.

그에게로 가서 나도 그의 꽃이 되고 싶다.

우리들은 모두 무엇이 되고 싶다.

너는 나에게

나는 너에게 잊혀지지 않는 하나의 눈짓이 되고 싶다.

—김춘수, 〈꽃〉

들여다보기

　마음의 샘을 가만 들여다보고 있노라면, 그 밑바닥엔 별의별 색깔과 맛과 모양을 가진 기억과 상처 들이 마치 퀼트처럼 다채롭다. 살아온 연륜에 따라 더욱 다양해지고 풍부해진다. 그뿐만 아니라 그것들은 점점 더 정돈되고 제자리를 찾아 조화를 이룬다. 그러나 그 모든 것이 이루어지기 위해서는 반드시 마음의 샘을 들여다보아야 한다. 누군가를 만날 때마다 그 사람이 내 안에도 있음을 느낀다. 그것도 아주 생생하게 말이다. 그러한 느낌은 만남을 깊이 있게 하고 그윽한 기쁨을 준다.

올 추석엔 아버지를 만났다. 아버지의 기억을 함께 만난 것이다. 아버지는 자신도 감당할 수 없는 불을 내면에 간직하고 계셨는데, 그것이 속에서 올라오면 핵처럼 손쓸 여유도 없이 폭발해 버리는 것이다. 그 불의 위력은 대단해서 주위의 모든 것을 가리지 않고 한꺼번에 태워 버리곤 했다.

하지만 생의 연륜이라는 것은 유효해서 아버지는 그 불의 배후를 알고 계셨다. 그것은 가난한 어린 시절에 자존심 강한 소년이 키웠던 열등감이었다. 아버지는 그 기억을 끄집어낼 때마다 두 눈에 눈물을 글썽글썽 담으신다. 허나 열등감에 타는 힘겨운 속내는 아버지의 전유물만은 아니었다. 내 속에도 힘겹고 기죽어 지내던 학창 시절, 있는 힘을 다해 이기고 삭여내야 했던 열등감의 진한 기억이 있었다. 아버지의 기억은 내 마음속에 놓여 있던 퀼트의 한 조각을 불러내어 그 졸아드는 마음의 힘겨움을 같이 느끼게 했다. 아버지의 감정을 이해하는 것은 아버지에 대한 사랑을 변질시키지 않고 지키게 한다. 아버지의 그림자 한 자락이 나에게도 쓰윽 들어와 드리워져 있는 것이다. 그래서 그 퀼트의 그림을 선명하게 정리해서 가장 적당한 자리에 배치하는 것을 함께 할 수 있다.

그림자는 빛을 선명하게 해준다. 그림자 옆에서 선명한 빛을 찾아내는 것은 그림자를 찾은 이후에 할 일이다. 아버지는 반짝이는 눈으로 이 과제에 대해 동의해 주셨다. 내 속에 남기신 아버지의 빛은 바로 이런 것이다. 올바르고 좋은 일에 순수한 끄덕임으로 대답한다는 것, 겉보다는 속을 본다는 것.

내 마음의 샘 속에 깔린 퀼트가 좀더 선명해지고 아름다워졌다.

"세상에는 왜 그렇게도 모진 병이 있당가! 늙은 사람한티 걸려야제 젊은 사람한티 걸려서 그 독한 약도 고치도 못하는 그런 징헌 병이……."

어머니의 가슴은 메었고, 눈에서는 진한 눈물이 흘렀다. "엄마, 이리 오세요!" 나는 아프고 아픈 엄마를 품에 가득 안았다. "나는 꼭 살아라. 사는 디까지 꼭 살아야 쓴다!" 아픈 엄마가 또 다른 딸의 등을 쓸고 또 쓸면서 다짐이라도 받아내려는 듯 되풀이했다.

기쁘게 하는 것들 . . .

진이

　마거리트 하얀 꽃무더기 사이로 진이가 얼굴을 삐죽 내밀고 있다. 아버지의 손에 이끌려서인지, 아니면 아버지를 끌고서인지 구분하기 힘든 아침 산책을 마치고, 혀를 날름거리며 호흡 조절을 하고 있다. 진이가 마당 한가운데에 세워놓은 말뚝에 매인 채 휴식을 하는 동안, 고모는 진이가 주로 거처하는 집 주변을 치우고 있다. 잔디가 깔린 마당 한 귀퉁이에 자리 잡은 진이의 보금자리는 금방 표시가 난다.

　첫째로 잔디가 깨끗이 없어져서 황폐하다. 둘째로 갈가리 찢긴 종잇조각과 진이의 하얀 털이 덕지덕지 붙어 있는 헌옷가지와 방석 들이 널려 있어 지저분하다. 진이가 목줄을 최대한으로 늘여 움직일 수 있는 반경 속의 땅은 풀 한 포기, 꽃 한 송이 살아갈 수가 없다.

　하지만 진이가 풀이나 꽃을 싫어하는 것은 아니다. 오히려 이놈은 그런 것들을 무척이나 좋아한다. 풀숲에 다이빙하듯 뛰어들어 코를 킁킁대며 그 속을 휘저으며 하염없이 헤매기를 좋아한다. 또 풀벌레들을 무척이나 사랑한다. 그들과 발장난을 하며 입 맞추고 싶어한다.

　그런데 간혹 원치 않았던 사건이 발생하기도 한다. 앞발을 내밀어 벌레의 옷자락을 만지려다가 벌레에게 치명적인 상처를 줄 때도 있고, 날아오르는 나비에게 입 맞추려다가 나비가 혓바닥 안으로 미끄러져 들어와 꿀꺽 삼켜져버리는 때도 있다. 그런 다음의 진이의 태도에는 허망함이 배어 있다. 하릴없이 친구가 사라지고 없는 허공을 두리번거리며 시무룩해한다. 진이의 앞발과 주둥이가 놈의 정서에 비해 형편없이 둔한 것이다. 놈의 감성은 상상할 수 있는 것보다 훨씬 섬세하다. 동물들도, 정을 나눠주는 사람과, 키우다가 잡아먹어도 되는 짐승 정도로 취급하는 사람을 기가 막히게 잘 구분한다. 우리 집을 찾아오는 누구에게나 꼬리를 빙글빙글 돌리며 인사하고, 배와 가슴을 내어주며 쓰다듬어달라고 애교를 피우는 녀석이, 동네 앵자 아줌마만 보면 컹컹 짖어댄다. 앵자 아줌마는 얼마 전에 진이의 친구를 키우다가 놈을 잡아서 개소주를 만들어 아들에게 보냈던 것이다.

진이가 바람을 향해 목을 길게 빼고는 눈을 슬금슬금 감아가며 그 속에 담긴 향내를 맡는 폼을 보자면, 녀석을 시인, 아니 시견이라 부르지 않을 수 없다. 녀석에겐 또한 어떤 품위가 있다. 우선 절대로 집 주변에 배설을 하지는 않는다. 아무리 볼일이 다급해도 끝까지 이를 악물고 참다가 도와줄 사람이 나타나면 귀를 뒤로 누이고 궁둥이에 힘을 준 채로 끼잉끼잉하며 하소연을 한다. 볼일이 끝나고 나면 놈은 늘씬한 허리를 쭈욱 펴고 꼬리를 공중에 던지며 날랜 달음질을 해보기도 하고, 눈길을 바다에 던진 채 유유히 산책을 하기도 한다. 이때 공연히 으르

렁대며 시비를 거는 동네 개들이 있으면 그냥 지나지 않고 꼬리를 흔들며 다가간다. 그런데도 이빨을 드러내며 적의를 표하는 놈들을 진이는 내버려두지 않고 혼쭐을 낸다. 앞발이나 주둥이 등 목숨에 지장이 없는 곳을 물고는 한참을 놓지 않는다. 상대방의 상처에서 피가 줄줄 흐르고, 놀란 고모가 몽둥이를 들고 가 진이를 몇 번이나 내리친 후에야 겨우 떼어놓을 수 있다. 가늘고 가는 몸뚱이와 다리, 주먹만 한 머리와 주둥이, 어디에서 그런 힘이 날까?

이제 청소가 끝나고 진이는 다시 제집으로 돌아갔다. 집 앞에 모로 누운 채 일광욕을 즐기며 잠에 잠겼다가 나왔다가 하는 중이다. 녀석은 행복해 보이기도 하고 슬퍼 보이기도 한다. 때로는 자유를 향해 안타까운 몸부림을 하고 있다는 인상을 지우기가 힘들다.

이미

숨어 있는 바다 '이미'를 보러 갔다. 이미는 우리 마을 뒷산 잔등 너머에 있는, 산의 양팔과 가슴에 안겨 있는 자그마한 바다이다. 휠체어를 타고 가는 산책이어서 뒷산 잔등을 바로 타고 넘지 못하고, 해안 도로를 굽이굽이 돌아 산 중턱에 닦인 등산로를 향해 갔다.

　　등산로를 올라서자 양 옆으로 억새들이 무리를 지어 흰 손을 흔들어 인사해 주었다. 이젠 제법 하얀 솜털을 많이 벗었다. 계절이 벌써 겨울의 문턱을 넘고 있었다. 억새들의 환호에 취해 가다보니 어느덧 산등성이에 올라 있었다. 일요일이어서 그런지 등산객들이 세워놓은 자동차들이 즐비했다. 아마도 주차를 한 사람들은 최근에 만들어놓은 좁다란 오솔길을 따라 원시림 속으로 들어갔을 것이다. 이처럼 남쪽 끝자락에 그렇게도 숨어 있는 곳에 사람들이 어떻게 찾아왔을까 하는 작은 놀라움이 일었다.

　　그곳의 번잡함이 싫어 좀더 지나쳐서 한적한 곳에 멈춰 섰다. 키 큰 억새들 사이로 이미가 보였다. 이미는 온통 빛으로 가득 차 있었다. 셀 수 없이 많은 눈부신 빛줄기들이 하늘에서 바다를 향해 끊임없이 내리꽂히는 것 같았다. 그 가운데에는 운이 좋은 새 몇몇이 유유히 헤엄쳐 다니고 있었다. 나도 가만히 새가 되어 그곳에 가보았다. 그리고 은빛의 눈부신 빛줄기에 온몸을 적셨다.

　　바람이 불었다. 외발로 선 나는 바람에 흔들리지 않으려고 보조 기구를 잡은 손에 힘을 단단히 주었다. 이미는 바람이 불면 부는 대로 무지개와 같은 물결로 해안을 향해 달렸다. 호수에 돌을 던지면 이는 파문처럼 바다 위에 끝도 없이 펼쳐지는 무지

개 무지개…… 문득 이 수줍고 아름다운 광경을 원시림 끝자락에서 내려다보고 있을 사람들이 떠올라 즐거워졌다. 이 풍경을 나 혼자만 보고 있었다면 얼마나 아까울 것인가?

이미는 억새풀 숲 사이에 서서 환희의 웃음으로 자기를 보고 있는 이가 있음을 아는지 모르는지, 여전히 바람에 몸을 맡겨 빛의 향연을 벌이고 있었다. 세찬 바람에 억새들도 몸을 눕혔다가 일으키곤 했다. 억새들의 웃음소리가 깔깔깔 허공에 울리는 것 같았다. 이미와 억새와 나, 그 가운데에서 전신에 힘을 꽉 주고 서 있는 건 나밖에 없었다.

생각나는 사람이 있다는 건

"눈이 와요."

수화기 저편에서 경쾌한 베로니카의 목소리가 쩌렁쩌렁 울렸다. 나는 눈을 창 쪽으로 돌려 싸락눈이 내리는 모양을 훔쳐보며 그 목소리를 반갑게 맞이했다.

"퇴근중인데, 눈이 너무 많이 내려 생각나서 전화했어요."

눈꽃처럼 가볍게 나풀거리는 베로니카의 음성이 내 가슴을 들뜨게 했다.

"어디 취직했어요?"

"네, 집 근처 슈퍼마켓에요."

그러고 보니 그녀가 남편을 여의고 광주로 이사 간 지 어느덧 일 년 반이 되었다. 목소리를 들어보니 베로니카의 이마에서도 어둡고 슬픈 그림자가 거둬져 있는 것 같았다. 정말이지 참 잘되었다.

섬엔 싸락눈이 바람에 날리고 있는데, 광주엔 함박눈이 펑펑 내리는 모양이었다. 자동차들이 흰 눈을 솜이불처럼 덮고서 엉금엉금 기어 다닌다고 했다.

"너무 멋있어요!"

베로니카의 환호에, 스멀스멀 기어오르던 조그마한 짜증이 단박에 사라져버렸다. 나는 병원 예약이 하루 남았는데, 눈 소식을 듣고도 능장을 부리다가 길이 막혀버려 고모에게 조금 화가 나 있었던 것이다.

베로니카는 퇴근 전에 초등학교에 다니는 딸 정서에게서 전화를 받았다고 했다. 정서는 엄마에게 "눈이 많이 오니까 조심해서 오세요" 하고 말했단다. 미리 딸에게서 따뜻한 정과 함께 눈을 예보받은 베로니카는 하얀 세상에 발을 내딛으며 무지 행복했던 것이다. 그리고 다시금 그 행복을 내게 전하고 있었다.

"집에 가서 떡국 만들어 먹어야겠어요!"

그녀는 아이들과 조촐한 파티를 벌이려 했다. 베로니카의 가슴속에 넘치는 풍류는 바로 그런 것이다.

언젠가 내가 홀로 지내는 날이 많던 때에 그녀는 타자기로 친 소박한 쪽지 하나를 전해준 적이 있다. 그 쪽지는 그림으로 장식된 것도, 단정한 봉투에 넣은 것도 아닌, 그냥 가장자리의 울퉁불퉁한 부분을 가리기 위해 이리저리 접어놓은 것이었다. 거기엔 시가 하나 있었는데 지금도 사진첩 첫 페이지에 간직되어 있다.

늘, 혹은

늘, 혹은 때때로
생각나는 사람이 있다는 건
얼마나 생기로운 일인가
늘, 혹은 때때로
보고 싶은 사람이 있다는 건
얼마나 즐거운 일인가
카랑카랑 세상을 떠나는 시간들 속에서

늘, 혹은 때때로

그리워지는 사람이 있다는 건

얼마나 인생다운 일인가

그로 인하여

적적히 비어 있는 이 인생을

가득히 채워가며 살아갈 수 있다는 건

얼마나 고마운 일인가

가까이, 멀리, 때로는 아주 멀리

보이지 않는 그곳이라도

끊임없이 생각나고, 보고 싶고

그리워지는 사람이 있다는 건

얼마나 지금, 내가 아직도 살아있다는 명확한 확인인가

아, 그러한 네가 있다는 건

얼마나 따사로운 나의 저녁노을인가……

　미안하게도 아직도 작자를 모르는 이 시는 내겐 베로니카의 시로 기억되고 있다. 이처럼 소박하지만 지극히 행복한 것이 베로니카의 문화이다. 그것이 먼 섬까지 날아와, 그 끝 어디에서 싸락눈을 훔쳐보고

있는 사람에게까지 즐거움을 주고 있다.

굴

눈과 바람에 갇혀 며칠 동안 집 안에서만 지내다가 모처럼 문 밖을 나서보았다. 바닷가 마을은 조용하다. 집집마다 꼭꼭 들어앉아 하는 일이 있어서이다. 해마다 초겨울에서 이른 봄까지, 마을 아낙네들을 분주하게 하는 일이 하나 있는데, 그것은 굴 까는 일이다. 동이 트면서부터 해가 뒷산으로 넘어갈 때까지 아낙들의 손놀림은 쉼이 없다.

저녁이 되면 굴을 사러 오는 자동차들이 줄을 잇는데, 그 와중에도 한두 그릇은 남겨서 참기름에 살짝 볶거나, 국을 끓이거나, 달걀을 씌워 전을 부쳐서 식탁에 올린다. 해서, 겨울 밥상 위에는 굴 반찬 일색이다. 간혹은 옆집 현지네나 우물집 앵자 아줌마, 또는 이장댁 어머니가 굴 한 그릇씩을 들고 어둠이 드리워진 현관문을 두드린다. 덕분에 굴 까는 데엔 통 문외한인 고모와 나도 매일 그 향기로운 맛을 볼 수 있게 되었다. 그것이 굴 동네에 사는 주민의 특권이다.

우리 마을에서 자동차로 10분쯤 거리에 있는 해안 마을인 강개에서도 돌담 아래에 포장을 치고 굴을 까는데, 거기에 싱싱한 먹을거리를 즐기는 이들이 가깝고 먼 곳에서 찾아와 통굴을 구워 먹는다. 숯불에서 나는 연기와, 구운 굴에 소주 한 잔을 걸치며 흥겨워하는 사람들의 웅성거림, 그리고 아낙들의 굴 까는 경쾌한 손놀림이 어우러진 광경은 하나의 거대한 잔치와 같다. 이 잔치는 겨우내 드문드문 이어진다.

나는 혀에 감기는 굴의 향내를 음미하며 문득 이들의 일생이 궁금해졌다. 옆집 현지 아빠에게 넌지시 물어보았더니, 일단 굴 까기를 마치고 나면 성한 굴 껍데기를 골라서 구멍을 뚫고 줄에 꿰어 대막대기에 매달아놓았다가 7월이 오면 바닷가에 갖다둔다고 했다. 바닷물이 따뜻해지는 여름이 굴의 산란기이기 때문이다. 갯바위에 붙어 있던 굴들이 알을 낳으면 그들은 바닷물 속에서 부화되어 유충의 형태로 2~3주 동안 부유 생활을 한다. 그러다가 두세 번의 변태 과정을 거치는 데 2~3주가 걸린다. 이 시기가 지나고 나면 떠돌이 생활을 청산하고 정착하게 된다. 그들이 정착할 때 바닷가에 놓인 굴 껍데기들은 그들을 위한 정갈한 아파트가 되는 것이다.

물론 갯바위에 정착하는 놈들도 있을 것이다. 굴 포자가 다 정착하고 나면 사림돌온 대막대기들을 깊은 바다로 옮겨 물속에 담가놓는다. 바다 속엔 먹을거리가 풍부해서 거기에 사는 놈들은 갯가에 사는 놈들보다 훨씬 크고 빠르게 자라난다. 굴은 자라면서 자신의 말랑말랑한 속살을 감춰주는 뚜껑을 만들어 덮는다. 안전한 보금자리 속에서 그들은 무슨 꿈을 꾸고 있었을까?

가을이 오고 날씨가 쌀쌀해지면 사람들은 성숙해진 굴들을 건져내기 시작한다. 그리고 진동하는 굴의 향긋한 내음과 함께 신명나는 잔치가 시작되는 것이다. 이 잔치는 스산한 겨울 풍경을 따스한 것으로 바꾸어낸다. 봄, 여름, 가을, 다투어 피어나던 꽃들도 스러지고 작은 분신들이 언 땅 밑에서 희미한 호롱불을 켜고 있을 때 굴 내음이 꽃으로 피어나는 것이다. 무엇이나 자기도 모르는 꿈을 품고 있는 것 아닐까 하는 생각이 든다.

어쩌면 사람들 속에서도 상상하기조차 어려운 아름다운 꿈이 자라나고 있는 건 아닐까.

나무를 사랑하는 법

문득 다가서지 말고 멀리서
오래 바라보기.
때가 되었다고 느껴질 때 비로소 다가가기.

"안녕하세요?" 다정한 인사 건네기.

그리고 돌아오는 인사말 기다리기.

그녀의 조용한 목소리가 허락하면

천천히 손 내밀어 악수하기.

눈감고 손에 전해지는 맥박 느끼기.

그녀의 줄기와 가지들, 뿌리와 잎사귀들, 꽃과 열매들 살피기.

하여, 이름 알아채기.

아름다움 음미하기, 그리고 이름 불러주기.

귀를 가까이하고 소리 없는 이야기 나누기.

환희 속에 머물기……

"고맙습니다. 안녕히 계세요" 작별 인사하기.

기쁨을 안고 천천히 돌아오기.

기쁘게 하는 것들

화사한 햇빛.

아기들의 반짝이는 눈망울, 웃음,

그리고 "사랑해요" 하며 품에 안기는 것.

순수하고 성실하고 정성스러운 사랑.

공무원의 친절함과 끝까지 최선을 다하는 성실함.

옆집에서 가져온 미역 이파리 속에 담긴 싱싱한 사랑.

현상으로 이루어지는 꿈.

바람의 향긋함.

"인생이 고행이다"라는 말의 의미를 알게 되었다는 고백.

전화기 저편에서 들려오는 벗의 진실하고 담백한 목소리.

세상을 떠나는 벗의 담담함,

기력은 없지만 "사랑해요. 고마워요"라고 하는 마지막 말.

말없이 존재의 향기를 음미하는 사람.

투명한 바다의 아름다움.

종교를 초월한 영적 지식에 통달한 종교인.

눈을 감고, 감각을 떠났을 때

빛, 기쁨 자체가 되어 죽는다는 것,

에고가 사라지는 것.

이별

이른 아침부터 엔진톱 소리로 동네가 요동쳤다. 누가 장작을 쪼개고 있으려니 짐작하며 뒷창문을 내다보니, 일꾼 두 사람이 나무를 베어내고 있었다. 그것은 아름드리 소나무로, 뒷동산을 지키고 서 있던 내 사랑하는 나무였다. 벌써 밑동이 허옇게 드러나 있었고, 수십 년 자라온 튼실한 줄기는 완전히 잘린 채 넘어져 있었다. 그걸 보는 내 가슴엔 말할 수 없는 슬픔이 밀려왔다. 저 나무의 주인이 어찌 산 임자뿐이란 말인가? 그 많은 낮과 밤을 말없이 사귀어온 사람이 있는데, 한마디 물어보지도 않고 저리도 냉큼 생명을 앗아버리다니……

일꾼들은 나무의 도타운 가슴팍을 갈랐다. 그것은 단 며칠 동안의 땔감으로 사라질 것이었다. 서늘한 가슴을 바라보고 있는데, 이장댁 어머니가 갓 따온 김을 한 양푼 들고 오셨다. 맛있는 음식이 있을 때마다 생각이 나서 갖고 오고 싶었다며 안부를 물으셨다. 나를 지긋이 바라보시는 어머니의 눈길은 친딸을 보는 그것이었다. 어머니에게는 두 해 전에 폐암으로 잃어버린 딸 선이 씨가 있었다.

"어찌해서 나는 선이를 살리지 못하고 보내브렀으까 잉! 내 선이야, 내 선이야. 온종일 모숨이 어른거려…… 밥 먹고 나믄 소화시켜야 된다고 담벼락을 짚고 엎드리던 모습이며, 복어 고운 물 먹고 나서 비

린내 징허다고 박하사탕 하나 물고 웃던 모습이며, 힘없이 문 앞에 쪼
그리고 앉아 있던 모습이며, 학교 다닐 때 그 날씬하던 모습이며, 대학
교 서무과에 근무하고 있었을 때 대학 병원에 예약해 놓고 나를 데려다
가 검사 다 시켜주고, 버스 터미널까지 같이 와서 차 태우고 다시 돌아
서던 모습이며…… 아이고 내 선이야! 그 아깐 것! 한번 생각나믄 고개
를 이리 돌려도 모습이 보이고 저리 돌려도 모습이 보이고…… 마지막

은 내 품에서 보냈어야 했는디,
제주도 지 오빠 이사 다 시켜주
고 일 끝나면 돌아오라고 버스

정류장까지 배웅 나와서 손 흔들어주더라고. 사흘 밤 자고 올라구 하던
걸, 비바람 때문에 오지 못하고 있었는디 전화가 오더라고…… 내가
가지 말았어야 했는디…… 내 선이를 이 품에 꼬옥 안고 그렇게 보냈
어야 했는디…… 좋은 것이 아무것도 없어. 아들이 김 양식이 잘 되었
다고 해도 그래 잘 되얏다 하고 말하믄 그뿐이고, 내 선이가 살아있으
믄 그 돈을 줘서 약도 먹게 하고 치료도 받으라고 할 턴디……! 세상에
는 왜 그렇게도 모진 병이 있당가! 늙은 사람한티 걸려야제 젊은 사람
한티 걸려서 그 독한 약도 고치도 못하는 그런 징헌 병이……”
　어머니의 가슴은 메었고, 눈에서는 진한 눈물이 흘렀다.

"엄마, 이리 오세요!"

나는 아프고 아픈 엄마를 품에 가득 안았다. "니는 꼭 살아라. 사는 디까지 꼭 살아야 쓴다!"

아픈 엄마가 또 다른 딸의 등을 쓸고 또 쓸면서 다짐이라도 받아내려는 듯 되풀이했다. 이 어머니께 살고 죽는 것은 하늘에 달려 있다느니, 삶과 죽음이란 우리가 가진 허상이라느니 하는 말이 가당키나 한가. 그저 같이 가슴이 메어 아무 말도 못하고 울었다. 그것이 우리의 진한 만남의 시간이었다.

이별은 이처럼 또 다른 만남을 예비하고 있는 것인가. 뒷동산에 한껏 팔을 벌리고 서서 그 사이로 예쁜 달이랑 별들을 보여주던 내 사랑하는 나무를 보냈으니, 마당에 다른 한 그루의 나무를 심을 때인가 보다. 마침 아랫마을에 사시는 곽 선생님이 황칠나무 어린것을 가지고 오셨다.

나무
이야기

때때로 지구별 위에서 살아가고 있다는 것이 신기하게 여겨진다.

한쪽 골반을 잃은 몸의 기능이 그리 시원치 않기 때문이다. 걷고 싶다고 해서 마음 가는 대로 걸었다가는 뻐근한 어깨와 팔 근육의 통증을 이기고 밤잠에 들기가 어려워지고, 삐거덕거리는 한쪽 고관절을 일자로 세워 세면대를 대하기가 힘겨워진다. 걷기뿐 아니라 앉는 것도 이 몸에겐 고된 노동이다. 균형을 잡고 앉을 수 없는 몸통을 양팔이 받쳐 주어야 하므로, 손목과 팔꿈치의 관절도 그렇거니와 손가락 마디까지도 동원되어 몸무게를 떠받치게 된다. 이러한 몸을 가지고 나는 나무처럼 살아간다.

아침에 잠에서 깨어나면 눈을 뜨기 전에 감은 눈으로 이마에 닿는 햇살을 바라본다. 곧 머릿속을 가득 채우는 빛을 즐기며 햇살로부터 웃음을 받아온다. 그리고 온몸을 감싸고 있는 따스한 기운을 느껴본다. 이부자리에 내맡겨진 편안한 몸을 머리에서 발끝까지 마음으로 둘러보고 나면 감사함이 물처럼 가슴 그득 차오른다. 이것이 나의 아침 기도이다.

한 달쯤 전부터 바람 목욕을 시작했다. 창문을 열어 신선한 바깥 공기를 방 안에 들이고, 맨몸으로 싱싱한 기운을 숨 쉬는 것이다. 먼저 몸을 이불로 감싸서 피부에 퍼져 있는 수많은 작은 문들을 열고 나면 이불을 젖혀 바람을 맞아들인다. 이것을 되풀이하면서 몸과 마음의 구석구석에 맺힌 탁한 것들을 쓸어내고 청량한 기운으로 가득 채운다.

내가 가장 좋아하는 공간 중 하나는 화장실이다. 우선 커다란 거울 앞에 서서 해님이 주신 웃음을 확인해 본다. 마음 가득 햇살이 퍼진다. 변기에 앉아 뱃속을 가볍게 하고 나서 몸을 씻어준다. 물을 만지는 것이 재미나서 한참 늑장을 부리며 세면대 앞에 머문다. 거울 위로 조그맣게 나 있는 창으로 하늘을 본다. 몸이 가볍다. 만일 집 안의 공간 중에서 단 하나만을 선택하라고 하면 단연코 이곳을 택하겠노라 생각하며 배시시 웃어본다.

느릿느릿 거실로 나서면 정원사 한두 분이 이 나무에 줄 물과 영양제들을 준비해 놓고 있다. 나무는 어린 새 같은 마음으로 입을 벌려 준비된 음식들을 차례로 받아먹는다. 정원사는 5년 전부터 함께 살게 되어 늘 그림자처럼 함께 다니는 고모와, 작년 여름부터 줄곧 시름시름 앓았던 나무에게 특별한 영양제를 공급하기 시작한 지구인이다. 두 정원사의 관심은 온통 이 나무에 쏠려 있다. 그래서 나무는 지구별 위에 살아있다.

나무는 촉수를 뻗어 세상을 구경한다. 책이나 인터넷은 그 일을 쉽게 할 수 있도록 도와준다. 사람들을 들여다본다. 친구들을 사랑한다. 가지를 흔들어 춤을 춘다. 새싹을 돋우고 잎을 피웠다가 어느 땐 우수 수 잎을 떨구고는 빈 가지로 텅 비어 있기도 한다. 간혹 벗들이 와서 곁에 머물다 간다.

점차로 풀과 바람, 물오리와 바다, 구름과 꽃 들이 가까워진다.

비움

도둑을 맞았다. 오래 비워두었던 나의 흙집에 들렀다가 그 사실을 발견했다. 아마도 그 누군가는 허술한 출입문을 손쉽게 열고 들어와 집 안을 둘러보고는 달리 가져갈 것이 없었던 모양이었다. 그래서 애꿎은 내 그림들만 모조리 들고 가버린 것이다. 그가 어떤 사람인지는 모르겠지만 그 그림들은 그에게 휴지 조각에 불과한 것일 게다.

한 5년쯤 전, 섬에 온 지 얼마 되지 않았을 때 나는 대화할 사람이 없어서 무척 외로웠다. 그래서 종이에 이야기하듯이 그림을 그리기 시작했다. 말하자면 '이야기 그림'이었다. 화가들의 그림은 시와 같다. 그러나 화가가 아닌 나의 그림은 이야기가 많이 들어 있는 것이었다. 아마도 그렇게 수다스러운 그림은 없지 않을까 싶다. 어쨌거나 나는 화가가 되고픈 것이 아니라 침묵 속에 쌓여 있던 말들을 쏟아놓고 싶은 마음이어서, 한번 자리에 앉으면 몇 시간이고 몰두해서 끝을 보고 마는, 작은 이야기 그림이 좋았다. 그리기 작업은 반 년 동안 지속되었다. 하지만 그 이후로는 골반의 종양 때문에 앉기가 불편해져 할 수 없게 되었다.

그 그림들 중 하나는 '죽음' 혹은 '명상'이라 이름 붙일 만한 것이었는데, 가장 첫 그림이면서 인생에서 가장 선명한 첫 깨달음을 준 죽음의 체험을 그린 것이었다. 그것은 단단한 나무판 위에 돌가루를 이용해 다시 한 번 그려졌다. 그리고 이젤 위에 얹어 방 귀퉁이에 세워두고 늘 바라보았다. 그림을 볼 때마다 영원한 평화와 자유의 느낌을 다시금 상기하곤 했다. 그것은 나만이 아는 암호와 같은 것이었다.

오늘은 텅 비어 있는 이젤이 눈에 들어왔고, 이어서 종이 그림을 둘둘 말아 넣어둔 통 두 개가 감쪽같이 사라져버린 사실을 알게 되었다. 나를 매우 유능한(?) 예술가로 착각하고 살짝 들어와 귀신같이 작품(?)들만 골라서 들고 가버린 그 사람은 그림 속의 암호를 이해할 수 있을까? 그럴 수도 있다. 아니, 그렇지 않다 하더라도 그 괴상 털털한 것들을 불쏘시개로 써버리거나 구겨서 쓰레기통에 넣어버리진 않을지도 모른다. 어쩌면 값이 나가지 않는다는 사실을 알고 나면 다시금 제자리에 돌려놓아 줄지도 모른다.

황망함에 이리저리 머리를 굴리다가 문득 웃음이 연기처럼 피어오

른다. 그 낙서 같은 것들에 이다지도 집착하다니. 그래, 그 암호가 없어서 자유롭지 못한가?

누군가가 그것들을 화덕 속에 넣어버린다면 그것이 외려 종이의 공덕이 될지도 모른다. 게다가 과거의 흔적을 깨끗이 청소해 주었으니 나도 허접한 낙서 몇 장에 마음 붙여 매이는 짓을 그만두게 되었다. 잘 되었다. 참 잘 되었다.

풀에
대해서

오늘은 풀들에 대한 생각이 좀 다르다. 어제까지는 풀매기 작업을 했지만 지금은 풀을 채취하고 있으니까. 어제까지 며칠 동안, 잔디밭에 자리 잡고 앉은 개망초와 냉이, 큰개불알풀, 민들레, 소루쟁이 그리고 몇 가지 작은 꽃들을 피우는 풀들을 뽑아내면서 마음속 갈등이 만만치 않았다. 가까이서 들여다보면, 삐죽삐죽 돋아난 잔디보다 둥글둥글 아기자기한 잎과 앙증맞은 꽃을 피워내는 풀들이 오히려 예뻐 보이는데 꼭 이들을 쫓아버려야 하는가. 물론 그렇게 하고 나면 집 둘레가 단정해 보이기는 하겠지만 그 또한 사람이 가진 편견이 아닐까. 이런저런 생각으로 머릿속을 소란스럽게 하면서 우선 눈에 단박 뜨이는 커다란 것들만 뽑아냈다. 그러나 일을 마치고 일어서서 잔디밭을 보니 편안해 보였다. 가까이 들여다보는 것과 멀리 떨어져 보는 것은 느낌이 사뭇 다르다. 따라서 생각도 달라진다. 풀들의 아우성이 사라진 잔디밭이 고요했다.

오늘은 겉모양은 같지만 목적이 다른 일을 한다. 갖가지 풀들을 모아서 음료수를 만들려고 한다. 너무나 흔해서 귀찮게 여기기 쉬운 이른바 잡초들이, 풍부한 영양소와 병을 낫게 하는 효능을 가지고 있다는 사실은 여러 책에서 읽어 알고 있었다. 고모와 나는 집 둘레의 산에서 여러 가지 풀을 채취하여 직접 효소를 만들기로 했다.

처음 풀을 대할 때에는 어떻게 해야 할지 난감했다. 토끼풀을 한 가닥씩 가위로 자르며 "너를 가져가서 효소를 만들려고 해, 미안하고 고맙다" 하고 일일이 설명해 주었다. 그러다 보니 허리는 아프고 바구니는 아직도 밑바닥을 보이고…… 날이 저물도록 작은 바구니도 못 채울 것 같았다. 그래서 한 줌씩 잡고 잡아당기기 시작했다. 의외로 풀들은 순하게 나를 따라왔다. 쑥과 냉이와 개망초 등으로 바구니가 가득 찼다. 꿀벌들이 곁에 와서 작은 꽃에 얼굴을 묻고 꿀을 들이켰다. 이럴 땐 사람보다 꿀벌이 훨씬 신사적이다. 사람은 식물의 즙을 먹으려고 그들을 통째로 잘라가는데 꿀벌은 가볍게 날아와 단물만을 살짝 들이마신다.

문득 신화 '마고전'이 떠오른다. 신라 내물왕 때 박제상 선생이 쓴 이 신화는 태초의 이야기이다. 거기에는 지구상의 첫 인류들이 지유(땅에서 나는 젖)를 먹으며 살았다는 내용이 있다. 아무런 수고를 하지 않아도 샘처럼 솟아나는 지유를 마실 수 있었다는 것이다. 그러다가 인구가 많아지면서 지유는 부족해지고 인간의 탐욕으로 흙탕물이 된다. 그 이후로 사람들은 지유를 떠서 마실 수 없게 되었지만 꿀벌들은 여전히 꽃샘에서 그것을 마실 수 있었다. 나 또한, 이 싱그러운 풀들이 가득 품고 있는 지유를 작은 수고로 마실 수 있다는 생각을 하니 고맙기 그지없다.

허리와 팔다리를 쉬어주러 방으로 들어왔다. 돌과 진흙으로 지어 황토칠로 도배를 대신한 집은 땅 위에서 뒹굴다 온몸을 친근하게 받아준다. 굳이 샤워를 하고 옷을 갈아입을 필요가 없다. 그저 문 밖에서 툭툭 털고 들어와 바닥에 벌렁 누우면 편안해진다.

자연 속에서 살기에는 커다란 집도 필요 없다. 식구들 드러누울 만한 공간이면 충분하다. 나머지는 자연이 해결해 준다. 공연히 큰 집을 지녔다가는 집단속하느라 스트레스만 쌓인다. 풀과 나무와 물, 바람,

흙과 더불어 몸을 움직이면 저물녘 노곤하긴 해도 정신은 청정해진다. 그러나 소유물을 관리하느라 하루를 보내는 것은 다르다. 그런 기준으로 볼 때 나의 흙집은 좀 크다. 비바람을 막으려고 베란다를 달아낸 것이 집의 크기를 더 부풀려버렸다. 만일 다음 생애에라도 집을 지을 기회가 생기면 나는 천장이 낮고 창문이 작은 방 하나에 조그마한 부엌이 달린 집을 지을 것이다. 방 가운데에 걸레를 들고 앉아 빙 한 바퀴 돌면 말끔히 청소가 끝나고, 나는 향기로운 차 한 잔을 천천히 마신 다음 밖에 나가 자연 속에 파묻힐 것이다.

고모가 흐르는 물에 씻어놓은 풀들이 맑은 얼굴을 하고 바구니에 담겨 있다. 고모는 저울로 무게를 달아보더니 3킬로그램이나 된다며 좋아했다. 우리가 당초 목표로 했던 것은 1킬로그램이었다. 풍성한 수확이다. 오로지 감사하는 것이 우리의 몫이다.

흐르는 꿈

곡성으로 갔다. 그곳엔 아름다운 생태 공동체를 꿈꾸는 혜암 님이 살고 있었다. 광주에서 아주 가까운 거리에 아담한 부지가 자리하고 있었다. 뒤로는 적송으로 이루어진 향기로운 숲이 병풍처럼 둘러쳐 있었고, 앞으로는 투명한 개울물이 흐르는 청정한 곳이었다. 거기엔 풀들도 유난히 깔끔하고 싱그러웠다. 고모는 탄성을 지르며 점심과 저녁 식탁을 위해 갖가지 풀들을 뜯었다.

그곳에 생태 마을을 이루고자 하는 혜암 님은 꽤 많은 일들을 해놓았다. 향기 그윽한 편백나무들을 다듬어 켜켜이 쌓아놓았고, 축대를 쌓을 돌들도 충분히 준비해 놓았다. 들어오는 길엔 가로수도 나란히 심겨 있었고, 폭포수가 떨어지는 연못도 대강 만들어져 있었다. 나는 조그마한 흙집을 지어본 경험으로, 혜암 님이 홀로 거기까지 오는 데 얼마나 힘들었을지 가히 짐작할 수 있었다. 거기엔 복잡한 심성을 가진 인간들의 관계까지 얽혀 있는 것이다. 어렵고 힘든 일이더라도 가슴이 원한다면 즐거이 이루어나가는 것이, 영혼의 길을 가는 사람들의 방식이다. 그러한 일면을 혜암 님은 내게 보여주었다.

참살이 공동체라는 꿈은, 아름답고 고마운 만남들을 데리고 왔다. 내 몸에 병이 도져서 반 년 동안 입원과 퇴원을 반복하며 치료를 받을 때 같은 꿈을 품고 정성스럽게 돌보아준 지구인을 비롯해서, 여전히 마음으로 함께 하는 여러 벗님이 있다.

하지만 그 꿈이 어떤 모습으로 나타날지 뚜렷이 알 수 없었던 나는, 꿈속의 공동체란 한 지역에 모여 사는 공동체가 아니라, 영혼의 진화를 이루며 살아가는 사람들이 지역을 넘어 연대하는 공동체로구나 하는 생각을 하게 되었다. 그런 생각의 와중에 글을 쓰는 한상봉 님을 만나게 되었다. 나는 가톨릭 잡지와 수필집을 통해 그의 이름을 알고 있었다.

한상봉 님은 얼마 전까지 무주에서 농사를 짓고 글을 쓰며 살았다. 글 말미에 씌어 있던 '농부 한상봉'이라는 직함이 항상 내 눈에 들어오곤 했다. 그러나 지금은 농부가 아니라 '예술 심리 치료사'이다. 본격적으로 그 일을 하고 있지 않더라도 그의 의식이 어디로 흐르고 있는지를 짐작케 하는 직함이다.

그는 종교를 벗어나 있는 영적인 사람들에 대해 언급했다. 그런 사람들의 자유로운 연대가 사회에 미칠 영향을 상상하는 것은 흥미로운 일이다. 아름다운 지역 공동체를 이루어 살아가면서 그 공동체들이 교류하고 그 교류의 그물망으로 사람들을 건져 올리는 일이 가능하지 않겠는가?

뜰에 들꽃들이 청초하고 예쁘다. 이른 봄에 피는 꽃들이 이울고 나자 마거리트가 꽃대를 올리더니 하얀 꽃송이들을 허공에 동동 띄웠다. 곁에는 달맞이꽃의 새싹들이 쑥쑥 자라며 다음에 올 꽃의 연회를 준비하고 있다.

밭을 갈겠다고 들풀들을 모조리 제초제로 태워버리던 이웃들은 우리 집 뜰에 와서 들꽃의 이름을 배운다. 그 귀엽고 예쁜 모양에 감탄을 한다. 식탁에 올릴 풀들을 뜯고 있으면 "그런 것도 먹는당가?" 하며 호기심 어린 눈으로 구경한다.

경쟁과 투쟁이 아니라, 어울림과 사랑과 양보로 삶을 꾸려나가는 지혜를 자연에서 배워야 하리라. 그러한 삶이 참살이이고 그것을 실현하는 공동체가 참살이 공동체이다. 그것을 만들어가며 사람의 영혼은 맑아지고 드높아질 것이고……

꿈이 흐른다.

싸움의
끝

고모를 또 깨울 수는 없었다. 전날 밤에도, 전전날 밤에도 곤한 잠 속에 들어 있는 고모를 깨워서 종일 피곤해하는 모습을 보아야 했다. 이번만큼은 내 스스로 잘 처리해 보아야지. 하지만 스윽스윽 소리를 내며 위풍당당하게 바닥을 헤엄쳐가는 그놈은 상대하기가 두려웠다. 여

러 종류의 벌레들과 친하지만 지네와는 가까워지기 힘들 것 같았다. 다가가려다가도 무섬증이 들면서 등골이 오싹해졌다. 그래도 내 아늑한 방을 침입해서 스윽거리는 소리로 밤잠을 설치게 하는 이놈을 내버려둘 수는 없는 일. 또 어쩌다 물리기라도 하면 병원 신세를 져야 할지도 모르는 일이었다.

책 한 권을 집어 놈의 몸을 덮쳤다. 그러자 놈은 잽싸게 달려서 피해버렸다. 오, 보통내기가 아니었다. 무섭기는 하지만 각오를 하고 책 모퉁이로 놈을 벽에 몰아붙였다. 놈이 몸서리를 치며 빠져나가려 했다. 몸이 가늘고 민첩해서 미끄러지듯 빠져나갈 수도 있었다. 책을 잡은 손에 힘을 주고 노트북을 그 위에 얹었다. 더 이상 손을 대지 않아도 될 것 같았다. 몸을 누르는 무게 때문에 갇혀 있을 수밖에 없을 것이었다. 이제 잠을 자도 되었다.

눈을 감았는데 쉽사리 잠이 오지 않았다. 도대체 어디를 통해서 그들이 들어오고 있는 걸까. 둘레를 가만히 훑어보았다. 알 수가 없었다. 이런저런 추리를 하고 있는데 어디서 스윽스윽 소리가 다시 들렸다. 놈이 탈출했나 보다 생각하며 일어나 바깥 전등을 켰다. 너무 밝은 빛 아래에서는 놈이 살필 겨를도 주지 않고 쏜살같이 도망쳐버리기 때문이었다. 그런데 노트북 곁을 알짱거리는 것은 또 다른 놈이었다. 맙소사!

지네는 한 쌍이 같이 다닌다던데 갇혀 있는 놈의 짝이 찾아온 모양이었다. 아, 산 너머 산이 아닌가. 더 이상 어찌 해볼 도리가 없었다.

"고모! 지네 좀 잡아줘요!"

결국 고모를 깨우고 말았다.

아침이 되자 고모는 서둘러 읍내에 나갔다. 지네가 싫어한다는 계피와 살충제를 사기 위해서였다. 살충제는 집을 비울 때 뿌리기로 하고 계피는 잘게 부숴 방의 구석에 놓았다. 계피향이 방 안에 진동했다. 이제는 정말 안심하고 잘 수 있을 것 같았다.

그러나 어젯밤, 스윽 소리가 또다시 나의 단잠을 깨웠다. 불을 켜고 보니 조그만 새끼 지네가 계피 근처에서 버둥거리고 있었다. 오금이 가려워서 살펴보니 벌겋게 부었다. 지네에게 물린 모양이었다. 냉장고에서 얼음을 꺼내 와서 피부에 대고 문지르며 생각했다. '여긴 내 보금자리야. 너희들이 와서 살 곳이 아니라구. 게다가 아이들도 놀러 올 텐데 물리면 큰일이야. 너희가 못 오게 할 거야. 보이기만 하면 다 잡아버릴 거야.' 나는 단단히 각오를 하고 나무젓가락을 가져왔다. 소주병도 들고 들어왔다. 새끼 지네를 집어서 병 속에 넣었다. 지네들의 가족 관계가 사람들의 가족을 연상시켜서 마음에 걸렸지만 하는 수 없었다. 그러고 나자 큰 지네가 눈에 들어왔다. 젓가락으로 꼬리를 집으려는데 창틀의 세로와 가로 사이의 틈으로 쏘옥 숨어버렸다. 아하, 그들의 출입구를 발견했다. '내일은 이 출입구를 단단히 막아버릴 것이다.'

잠자리에 들려다가 나의 귀는 또 한 마리의 지네를 감지했다. 상당히 크고 동작도 빠른 놈이었다. 지네 부족이 번갈아 침입하며 나를 해치려는 것 같았다. 나는 지팡이를 들어 놈을 공격했다. 몇 번을 놓친 끝에 겨우 놈을 찍어 눌렀다. 붉은 관을 쓰고 당당하게 헤엄쳐 다니며 내 마음에 두려움을 일으킨 놈이었지만, 내 방을 지키겠다고 결심하고 나니 놈도 한낱 힘없는 벌레일 뿐이었다.

한참을 그러다가 문득, 비장한 장수의 심정으로 지네와 대치하고 있는 나 자신이 우습고 재미있게 느껴지기 시작했다. 지나친 비장함이고 지나친 공격이었다. 이러한 지나침은 두려움에서 나오는데, 그렇다면 이 두려움은 어디에서 온 것일까?

'두려움이란 낯설음에 대한 느낌, 다시 말해 알지 못하는 것에 대한 느낌이 아닐까?' 지네와의 싸움을 마치고 나자 새소리가 새벽을 깨웠다. 바깥으로 나섰다. 오랜만에 마셔보는 새벽 공기는 달다. 금은화 향기기 데기에 가득하다. 온갖 새들이 한꺼번에 잠자리에서 일어났는지 지저귀는 소리가 요란하다. 해님은 여귀산 너머 발치쯤 오신 듯한데, 꽃들도 아직 봉오리를 닫고 잠을 자는데, 새들은 바지런하기도 하

다. 자연의 한 자락에 깃들어 사는 그들 그리고 나. 이런 생각을 하니 가슴이 뿌듯해 온다. 숨을 크게 쉬어 하늘을 마신다. 그 속에 모든 것이 다 들어 있다. 여귀산도 오봉산도 그 어귀의 바다도 나무도 풀도 새도 금은화도 흙도 지네도…… 그래, 지네도.

이 마당은 오래오래 산이었지. 지네들도 이곳에서 그만큼 오래 살아왔겠지. 내가 너희의 보금자리 위에 집을 지었으므로, 밤이 되면 너희는 그저 하던 대로 외출 나오는 것이겠지. 별다른 생각 없이.

아, 오늘은 당장 창틀에 난 틈새나 꼼꼼히 메워야겠다.

나의
세포에게

나의 세포야! 핵과 염색체, 미토콘드리아, 리보솜, 세포체 들아! 너의 두려움을 알겠구나. 너의 불안함을 알겠구나. 하지만 이제 걱정하지 마라. 너를 사랑한다. 너를 해치지 않을 것이다. 지금껏 너를 들여다보지 않았지만 이제부터는 너를 들여다보고 너의 말을 귀담아 들을 것이다. 네가 없는 듯 너를 외면해서 미안하구나. 너의 외로움과 사랑받지 못한 아픔을 지금 내가 느낀다. 정말 미안하다. 그리고 사랑한다. 네가 나에게 항의를 한다면 그 소리를 들을 것이다. 너의 몸부림을 나도 느낄 것이다. 하지만 나의 사랑을 거부하지 말고 받길 바란다.

　나의 사랑 안에 머물면서 행복하길 바란다. 너의 평화와 기쁨을 나는 바란단다. 나의 몸 전체 중에서 특히 아파하고 있는 세포들아, 너희를 진정 사랑한다. 결코 너희를 내치지 않을 거야. 나는 그렇게 마음먹었다. 너희와 운명을 같이할 것이다. 사랑한다. 평화롭기를!

유리문에 비친 내 모습을 바라보며 걸음마를 해본다. 비록 척추가 약해져 허리가 흔들거리지만 이 걸음마로 조금은 단련이 되겠지. 다섯 개의 발가락에 힘을 주어 바닥을 움켜쥐며 걸음마를 한다. 딱 한 걸음에 온 마음을 다 집중하면서.

사랑의 힘 · · ·

나의
연인

부모님께서 나를 대신해서 간직해 두셨던가 보다. 지난 장마철, 나는 청주 부모님 댁에 잠시 머물러 갔다. 어느 날 아버지께서 빛바랜 얇은 책자와 오래 묵은 편지 몇 통을 내게 살짝 건네주셨다. 편지는 대학 시절, 고등학교를 다니던 여동생에게 내가 보냈던 것들이다. 내 머릿속에는 그때의 기억이 거의 지워지고 없는데, 편지 속에는 그때의 내가 생생히 살아있는 듯했다. 나는 동생에게 최선을 다해 생활하고 공부하라고 말하고 있었고, 편지의 말미에는 'S 안에 살고 계시는 하느님께'라고 맺음말이 적혀 있었다. 참으로 새삼스럽고 놀라운 발견이었다.

내 기억으로 대학 시절의 나는 방황 그 자체였다. 갈라진 자아로 인해 갈등은 이루 말할 수 없었고, 피해 의식과 열등감으로 범벅이 되어 그것을 감추려고 온갖 오만함의 성벽으로 나를 둘러치고 다니던 때였다. 분명 'S 안에 살고 계시는 하느님께' 말을 걸었지만, 그것은 가사 상태에서 나 자신이 무어라고 말하고 있는지 자각하지도 못한 상태에서 내놓은 말이었다. 하지만 거기에는 나도 모르는 새에 또 하나의 내가 끊임없이 하느님과 대화하고 있었음이 드러나 있었다.

퇴색한 얇은 책자의 표지에는 '삶' 이라는 제목이 커다랗게 자리 잡고 있었다. 직접 손으로 써서 복사를 한 책자로, 글씨체는 바로 나의 것이었다. 첫 장을 열어보니 서시, 다음 장은 발간사, 그리고 여러 친구의 글이 소개되어 있었다. 친구들의 글에는 이미 삶의 목적을 발견한 흔적이 보였고, 어떤 친구는 하느님과 합일되어 사는 기쁨을 고백하고 있었으며, 의미 있는 삶을 살고자 하는 각오가 깃들어 있었다.

아아, 그때는 왜 몰랐을까? 친구들의 가슴속에 살아계시는 신의 말씀들. 그들은 모두 나의 스승이었다. 내가 나 자신을 모르고, 인생이 무엇인지, 사는 목적이 무엇인지 알지 못해 방황하고 우울했을 때, 그 많은 스승들은 나를 돕기 위해 내 마음의 문을 두드리곤 했다. 그때 나는 어떻게 했던가? 돌이켜보니 그때의 나는 부끄러운 자신을 숨기기 위해 문을 꼭 닫아걸고 화를 내곤 했다. "네가 감히 나를 어떻게 알아? 나도 모르는데……" 하며 소리를 질러댔던 것이다.

이제 책 속에 깃든 친구들의 기운을 하나하나 어루만져본다. 소중한 나의 사람들. 그리고 그 가운데에 언제나 거룩하게 살고 있었던 나 자신을 발견한다. 내가 아니었던 내가 진정한 나를 인식하지 못하고 있었을 뿐, 늘 똑같이 신을 향해 눈뜨고 있었던 존재가 있었다. 바로 그 존재가 지금의 나 아닌가! 지극히도 사랑하는 나, 아름답고 예쁘고 귀여워서 어찌할 바를 모를 정도인 연인. 도중에 여러 곳으로 한눈을 팔았지만 마침내 나는 가슴속 깊은 곳에서 연인을 만나고야 말았는데, 알고 보니 그 연인은 늘 생생히 눈을 뜨고 있었던 것이다.

편지 속에, 빛바랜 책 속에 그 연인의 모습이 보인다. 이제 그 연인이 도처에 살고 있다. 내 마음이 온통 그 연인으로 가득 차 있다.

질투심

친구야, 오늘 아침 네 전화를 받고 나서 나는 두 가지 감정을 한꺼번에 느꼈다. 하나는 네 마음의 형편을 솔직하게 털어놓아 준 진실함에 대한 감사이고, 다른 하나는 네 마음속 아픔과 같은 내 가슴의 통증이었다.

친구야, 너는 남편이 엉뚱한 곳에 빠져들어 있다고 걱정하며 두려워했다. 너의 남편은 직장 일을 마치고 나면 몸과 마음을 수련하는 일에 온통 시간을 할애한다고 했다. 너는 그런 남편 곁에서 마치 무용지물이 된 것처럼 허전하고 외롭다고 했다. 남편이 떠나버릴까봐 무섭다고 했다. 남편이 그처럼 미쳐 있는 것에는 다른 요인이 있는 것 아닐까 하는 생각도 든다고 했다. 가령 그 그룹에 아주 매력적인 여자가 있어, 그런 관계에 빠져 있는 것은 아닐까 우려된다고 했다.

친구야, 이렇게 너의 마음속을 그대로 보여주니 얼마나 고마운지 모르겠다. 우리는 함께 네 마음속 풍경을 들여다보며 정리해 볼 수 있게 되었구나. 자, 먼저 사실만을 가지고 이야기해 보자.

첫 번째, 너의 남편은 몸과 마음을 수련하고 있다. 그 목적은 무엇일까, 물어보거나 생각해 본 적 있니? 두 번째, 너는 남편의 관심이 너에게 왔으면 한다. 그런데 너의 기대치에 미치지 못하고 있다. 세 번째, 너는 외로움을 느끼고 있다. 그리고 그 원인이 남편에게 있다고 생각한다. 그래서 남편이 원망스럽다. 친구야, 너는 남편의 사랑을 받고 싶은 것이구나. 그리고 함께 있고 싶은 것이다. 그렇지? 그렇다면 너는 왜 남편이 하고 있는 것에 더 깊은 관심을 갖지 않니? 그것에 대해 잘 알아보고자 하지 않는 이유는 무엇일까?

너는 사랑받고 싶은 만큼 진정으로 남편을 사랑하고 있니? 그의 행복을 진심으로 바라고 있니? 누구라도 다른 사람의 마음속 생각을 제멋대로 재단할 수 없다는 것은 너도 인정할 거야. 또한 사람들은 각자 자기의 마음을 다스릴 수 있는 권한을 자기가 갖고 있다는 것을 너도 부정하지 못할 거야. 봐! 그러니 너는 불가능한 일을 가지고 끙끙대고 있는 거야. 남편의 마음을 네가 원하는 대로 만들려 하고 있잖아. 남편의 마음속 풍경이 어떠한지 알아보려 하지도 않고 네 맘대로 판단한

후에, 그의 마음을 네 마음대로 요리하고 싶어하는 거지. 막상 너의 마음이 사랑하고 있는지 미워하고 있는지, 그것에 대해서는 생각해 보지 않고, 남편의 마음만을 이리저리 따져보고 있는 것이지.

친구야, 이 표현들이 과격하게 느껴진다면 미안하구나. 하지만 한 가지 네가 알아주었으면 하는 것은 나에게 너는 나 자신만큼 소중하다는 것이야. 내가 원하는 것은 네가 거짓된 생각의 사슬을 끊고 나와서 진정으로 남편과 교류하며 살아가는 것이란다.

친구야, 나는 네 마음의 고통이 느껴진다고 말했었다. 실제로 너와 똑같은 경험을 기억 속에 저장하고 있기 때문이야. 아주 오래 전, 나 또한 너처럼 남편의 사랑과 관심을 송두리째 차지하고 싶어했단다. 외로움에서 나를 구원해 줄 수 있는 것은 남편의 전적인 사랑뿐이라고 여겼던 것 같다. 하지만 남편도 자기의 삶을 즐기며 살아가는 사람이었기에, 나름대로의 취미를 갖고 있었고, 친한 친구들과의 만남도 가졌었다. 내 마음은 그런 남편을 붙잡아 곁에 매어두고 싶어했다. 주말에 친구들을 만나러 가는 남편을 보면 은근히 질투심이 발동했다. 그 질투심이라는 감정은 온 마음을 난도질해서 이성을 앗아가 버리는 것이었다. 내 마음은 온통 남편의 일거수일투족에 가 있었고, 그의 말과 표정과 행위에 따라 울고 웃었다.

어느 날 나는 내 마음을 내가 아닌 다른 누구도 대신 다스려줄 수 없다는 것을 문득 자각했단다. 게다가 내가 남편의 마음을 통치할 수 없으며, 그럴 권리도 없다는 것을 알았단다. 그래서 내 마음의 병을 고치기로 굳게 결심하게 되었고, 마음속의 여행을 시작하게 되었다. 그때 나는 어떻게 그 여행을 해야 할지 전혀 알지 못했기 때문에, 결혼 생활을 모두 청산하고 배움의 길을 택했었지.

마침내 나는 원하는 것을 얻었는데, 그것은 어디 먼 곳에 있는 것이 아니었지. 그것은 바로 내 안에 있었단다. 그것을 얻고 나니 모든 외로움과 슬픔, 번민과 고통이 사라져버렸다. 더 이상 원하는 것이 없게 되었으며, 지나온 길이 모두 축복이 되었단다. 내 안에 있던 그것, 지금의 내가 된 그것, 그것은 참된 나, 참된 연인, 참된 친구, 참된 사랑이었단다.

너의 질투심은 '참된 나'에게로 돌아가고픈 너의 욕구의 왜곡된 형태라고 말할 수 있다. 너는 관심의 방향을 너의 마음속으로 돌려야 할 것이다. 네가 느끼는 외로움은 너의 남편의 사랑과 관심 부족에서 비롯된 것이 아니라, 바로 너 자신의 사랑과 관심을 원하는 것에서 나온 것이다. 너의 진정한 자아가 가슴속 깊은 곳에서 너의 관심과 사랑을 기다리고 있는 것이다. 그런데 너는 어디를 보고 있는 거니? 너는 참된 자신에게 돌아가야 한다. 바로 지금. 그렇다고 외형적으로 남편을 떠나라는 것이 아니다. 그것은 불필요한 일이지. 오히려 너의 남편은 너의 그런 여행을 잘 도와줄 것이다. 가장 좋은 스승은 가장 가까이에 있단다.

친구야, 그러나 그 모든 것을 위해 네 마음에서 남편을 놓아주라고 말하고 싶다. 네 마음속에 그려진 남편의 형상은 진짜 네 남편이 아니라, 네가 만들어놓은 가짜 남편이기 때문이다. 네가 진정한 자아를 발견했을 때에서야 비로소 너는 남편의 진짜 모습을 보는 눈을 가질 수 있게 된단다.

자, 이제 처음으로 돌아가 보자. 너는 너의 남편이 엉뚱한 곳에 빠져 들어가 있다고 걱정하고 있다. 정말 그런가? 네가 그리고 있는 남편에 대한 그림은 정말 남편의 모습인가?

친구야, 진정한 자아를 찾아가라. 우리는 모두 그 진정한 자아 안에서 만나게 될 거야. 그러면 비로소 우리가 하나라는 것, 우리는 외로울 수 없는 존재라는 것을 확실히 알게 된단다. 거기엔 남편도 부모도

남도 나도 먼 사람과 가까운 사람도, 좋은 사람과 미운 사람도 존재하
지 않는단다. 오늘은 이만, 친구야. 사랑한다.

어머니와
나눈 대화

사랑이신 나의 어머니, 저는 이것이 꿈이라는 것을 잘 압니다. 이
제 이 꿈을 벗고 싶습니다. 이 무딘 육체와 잡다한 감각들, 때로는 마음
을 어지럽히는 듯한 통증을 계속 견뎌야 하는 이유를 모르겠습니다. 그
런데 어쩐지 당신은 저에게 그것을 허락하지 않으시는 듯하군요.

"사랑인 내 아가야, 진정 네가 원하는 것이 그것이냐? 잘 보아라,
네가 참으로 원하는 것이 무엇이냐?"

"어머니, 제가 늘 원하는 것은 완전한 것입니다. 온전히 깨어나는
것입니다."

"아가야, 잘 보아라. 너는 네가 원하는 것을 얻고 있다. 정말 잘 보
아야 한다. 자, 무엇이 보이느냐?"

"아, 어머니!…… 많은 형제들이 보입니다. 친근하고 깊은 미소를
띤 얼굴들입니다. 아주 많습니다. 그 속에서 저는 매우 행복합니다. 서

로 아껴주고 배려하는 몸짓들이 보입니다. 모두가 정말 행복합니다. 모두가 깨어나 있습니다. 아! 아름다운 모습입니다."

"아가야, 네가 원하는 너의 모습이구나. 그래서 나는 너에게 필요한 도구들을 주었다."

"아, 어머니. 잘 알고 있습니다. 당신께서 주신 도구가 먼저 한 일을요. 저는 육체의 형태나 상황에 상관없이 빛나는 밝은 존재인 나를 발견하게 되었으니까요. 그리고 그 발견은 순간순간 늘 일어나고 있습니다. 아마도 지독한 통증을 주지 않으셨다면, 저는 우리의 존재를 확인할 수 없었을 것입니다. 항상 '조건이 좋으니까 밝을 수밖에 없지. 조건만 바뀌면 당장 어두워지고 말걸' 하며 스스로를 조롱했을 겁니다. 사실 당신이 마련해 주신 선물을 받기 전에는 그랬지요. 어머니, 그러고 보니 이 도구가 꽤 유용하군요!"

"……" (미소 지으시는 어머니)

"어머니, 더 이상 도구를 가지고 불평하지 않을 것입니다. 제가 미처 깨닫지 못했습니다. 더 깨어나야 한다는 것을요. 어머니, 더 이상 당신께 불러달라고 조르지 않을 것입니다. 이미 제가 당신 안에 있고, 당신과 제가 함께 창조하고 있음을 알게 되었기 때문입니다. 사랑해요, 어머니!"

"아가, 나의 귀엽고 어여쁜 아가야!"

휴지통
비우기

모두들 그렇게 말했다. "이웃이 생겨서 좋겠어요." 하지만 나는 선뜻 대답할 수 없었다. 다만 혼자서 "두고 봐야지요"라고 중얼거릴 뿐이었다.

산 속에 홀로 있던 내 토굴집 뒤로 산뜻한 미국식 목재집을 지은 뒤 이사 온 이웃은 나에게 가슴을 설레게 하는 새로움을 지니고 있지 못했다. 함께 땅을 구입하고 분할하는 과정에서 몇 차례 약속을 뒤집으며 신뢰를 저버린 기억을 준 사람들이었다. 그 기억이 이웃을 새로운 마음으로 보지 못하게 가로막고 있었다. 또한 어떤 이유인지 정확히는 알 수 없지만 이웃이 우리 가족을 대하는 태도도 친근하지 못하고 무척 조심스러웠다. 간단히 말하자면 소통이 자유롭지 못한 이웃인 것이다.

이웃은 우리와 하나의 우물을 공유해야 했다. 그래서 물통을 어떻게 설치할 것인지에 대해 상의를 해왔다. 그 방법이 여러 가지여서 나는 물통을 설치할 담당자에게 직접 설명을 듣겠다고 했다. 그 다음날 담당자가 왔지만, 자세한 설명은 하지 않고 이웃집의 물통을 위쪽에 설치할 것이며, 물은 그 물통을 거쳐서 우리 집 물통으로 흘러올 것이고, 센서는 위쪽에 설치할 이웃집 물통으로 옮겨 달 것이라고 했다.

나는 모두가 물을 잘 쓸 수만 있다면 좋다고 말했다. 허나 다음날 실제로 물통을 설치할 때에는 우리 집 물통 바로 옆으로 자리를 잡았다. 많은 숙고 끝에 다시 결정한 모양이었다. 이유를 묻자 담당자는 "혹시나 물의 양이 부족할까봐 이렇게 결정하셨나 봐요"라고 했다.

이웃 물통은 먼저 있었던 토굴의 것과 같은 크기로 약 20센티미터 정도 높은 곳에 자리를 잡았다. 다행히 바위와 그 위를 덮은 수풀이 물통의 4분의 3 정도를 가려주어서 토굴의 통 유리창으로 훤히 보이는 숲의 정경 속에서 파란색 플라스틱의 이질감을 어느 정도 줄여주었다.

이웃은 물통이 설치되고 나자 바로 이사를 왔다. 집들이 잔치가 있었다. 이웃에서는 기념으로 떡을 가지고 오고, 고모도 휴지를 사 들고 다녀왔다. 이제 새로운 만남이 시작된 것이다. 산 속으로 이사를 왔으니, 자연이 주시는 기운을 받으며 더 행복해지리라 생각하며 내 속에서도 축복의 마음이 우러나왔다.

그런데 이웃이 이사 온 지 이삼일이 지나자 갑자기 토굴에 물이 끊겼다. 물통이 완전히 말라버린 것이었다. 하루를 물 없이 지내고 나서 이웃에 물어보니 그곳엔 물이 나오는데 흙탕물이 나온다는 것이었다. 나는 상수관을 설치한 담당자의 전화번호를 알아내 전화를 걸었다. 그가 다음날 새벽같이 뛰어와 물통을 검사해 보았다. 원인은 간단했다. 이웃 물통에 옮겨 단 센서는 그 물통에 물이 3분의 1 정도 차면 토굴의 물통으로 넘어오게 설치되었는데, 이웃집에서 그 센서를 바닥으로 내려서 그 물통이 가득 찼을 때 물이 넘어오도록 만든 것이었다. 하지만 집들이를 하느라 매일 많은 양의 물을 사용했으니, 그 물통이 가득 찰 리가 없었고, 그 동안 토굴의 물통은 비어버리고 만 것이다. 담당자는 이웃에게 다시는 센서에 손대지 말라고 주의를 주고 돌아갔다고 했다.

그리해서 물통에 물이 들어오기 시작했지만, 이번엔 부연 흙탕물이 나왔다. 도무지 그 물로는 아무것도 할 수가 없었다. 하는 수 없이 먹는 물이라도 다른 곳에서 길어다 먹을 수밖에 없었다. 나는 담당자에게 전화해서 도대체 그 원인이 무엇인지를 물어보았다. 그는 매우 난감해 하면서 우물 위에 있던 펌프의 위치를 옮겼는데, 그 마무리를 깔끔하게 하지 못했다고 했다. 이웃에서 다른 작업들을 다 마치고 나서 마무리는 알아서 할 테니 그것으로 설치를 끝내달라고 했다는 것이다.

가만히 살펴보니 이웃도 먹는 물을 사먹고 있었다. 그러면서도 아무 대책도 세우는 것 같지 않았다. 하는 수 없이 토굴 가족인 고모와 풀

아래님이 펌프가 있는 언덕 위로 올라갔다. 펌프는 흙 속에 반이 묻혀 있어서 비가 올 때 흙이 물통 속으로 들어갈 수밖에 없도록 되어 있었다. 풀아래님은 마침 근처에서 일을 하던 이웃 아저씨에게 그것을 설명하고 같이 주변을 정리하자고 이야기했다. 그런데 삽을 가지러 집에 들어간 그는 다시 나오지 않았고, 풀아래님이 혼자서 주변의 흙들을 파내고 펌프 위치를 조금 높여서 우선은 흙이 들어가지 않도록 해놓았다. 아아, 이웃이 이사 온 기념으로 준 선물 치고는 참으로 괴상한 것이었다.

나중에서야 안 일이지만 이웃과 토굴은 하나의 물통을 써도 무방했다. 조금만 더 잘 생각해 보고 가장 좋은 의견을 말해주었다면 그처럼 또 하나의 물통을 설치하지 않았어도 되었다는 이야기다. 소통에 장애가 생기면 여러모로 고생이 많다.

이웃은 이 언덕의 가장 높은 곳에 집을 지었고, 그 아래쪽 언덕에 약 300평 정도의 밭을 가지고 있다. 깔끔하고 부지런한 그들의 품성은 집 주변과 밭을 정리하는 광경에서 여실히 드러났다. 밭과 그 둘레의 수풀이 연 이틀의 포클레인 작업으로 완전히 사라지고, 대신에 잔자갈이 깔렸다. 그렇게 해놓고 보니 집 둘레가 매우 넓어 보였다.

하지만 며칠 뒤 비가 내리자 그 작업의 효과가 언덕 아래에 있던 길에 단박 나타났다. 홍수 효과였다. 물길이 달라지고, 위에서 물을 저장해 주는 곳이 사라지는 바람에 토굴의 앞을 지나는 농로가 패이고 뭉개어져서 도저히 사용할 수 없게 된 것이다. 고모는 비가 오는 내내 비옷을 둘러쓰고 나가 변화된 물길을 살펴보고 새로 수로를 내고 길을 평평하게 다듬어놓았다. 비가 그치고 나면 마을 어르신들이 경운기를 몰고 그 길을 지날 텐데, 낭패를 보면 안 된다는 것이었다.

산 위의 사람들은 자신들이 한 일이 산 아래에 어떤 변화를 일으키고, 사람들에게 어떤 수고를 끼치는지 알 도리가 없다. 그들은 매일 풀을 베고 태웠다. 또 쓰레기도 태웠다. 심지어 토굴의 통유리창 앞까지 와서 아름답던 야생의 풀숲을 깨끗이 밀어버리고 민둥한 땅만 남겨두었다. 아름다움을 보는 눈이 서로 다른 것이다. 내가 지닌 감각에 어울리는 편안한 이웃은 아니었다.

간밤에 꿈 선물을 받았다. 그 꿈속에서는 다음 생의 드라마가 펼쳐졌다. 나에게 가족이 있었는데, 이생의 가족들과 구성이 같았다. 나와 고모, 부모님과 동생들. 그런데 그 중에 나와 고모만이 전생을 기억하고 있었고, 다른 사람들은 그것을 전혀 기억하지 못했다.

꿈속에서 나와 고모는 가족 구성원들에 대한 기억들을 가지고 미리 판단하는 일이 많았다. 그 때문에 생각이 더 복잡했다. 때로는 다른 구성원들이 고모와 나의 반응에 어리둥절해하곤 했다. 그들의 성격은 전생과는 달랐다. 그런데도 기억 속에서의 성격을 기준삼아 미리 그들의 언행을 점치고 넘겨짚다가 낭패를 보았다.

전생의 기억을 잃어버린다는 것이 얼마나 좋은 것인지를 알게 해주는 꿈이었다. 따지고 보면 과거는 모두 전생이다. 과거를 잊지 않으면 계속 전생을 살게 되는 것이다. 그것을 잊었을 때 투명한 눈을 가지고 새로운 삶을 체험할 수가 있다. 또한 그 속에만 지금 살아있는 생명과 실존을 체험할 수 있는 가능성과 더 큰 기쁨과 사랑을 창조할 수 있는 가능성이 있는 것이다.

꿈에서 깨어나자마자 이웃이 머리에 떠올랐다. 어제가 없는 오늘의 이웃이다. 오늘은 오늘만의 이웃을 만날 것이다. 이 작고 작은 두뇌속 휴지통을 말끔하게 비우고서.

심심병에 대한 처방

이즈음 잠이 많이 늘었다. 그래서 이곳에서의 하루는 예전의 절반으로 줄어들었다. 그런데도 하루가 짧다고 느껴지지 않으니 신기하다. 눈을 감고 있는 시간에 나는 다른 생활을 한다. 그곳의 생활이 꿈인지,

이곳의 생활이 꿈인지 분간할 수 없다. 하긴 모두 다 꿈이다.

이곳에서 나는 할머니에게 관심이 간다. 매일 심심하다고 몸부림치는 할머니를 보면서 생각에 잠긴다. 며칠 전 사랑하는 친구와 전화로 대화를 하다 보니, 친구의 부모님들도 역시 비슷한 모습이었다. 몸이 늙고 병들어 활동이 적어지고, 적적해지고, 우울해지는 상태가 같았다. 친구의 어머니는 인내심 있고, 항상 기도하는 습관을 지니고 계시는데도 "너희 집에 있으면, 덜 심심할 줄 알았는데, 그것도 아니구나" 하며 당신 집으로 돌아가셨다니, 몸을 가누기 힘든 상태의 사람들에게 이 '심심병'이 희귀하지는 않은 모양이다.

어둠 속에서 가만히 '심심병'에 대해 생각해 본다. 할머니의 몸속으로 들어가 본다. 별로 어렵지가 않다. 나도 몸의 상태가 할머니와 별반 다르지 않으니까. 오히려 좀더 활동성이 낮다. 심심함을 느꼈던 때를 떠올려본다. 그래, 무료하던 때도 있었다. 진도에 온 지 얼마 되지 않았을 때, 그때는 그것을 크게 느꼈었다. 그것은 세상을 살면서 무엇인가 가치 있는 일을 해야 한다는 생각 때문이었다. 아무 역할도 하지 못하고 가만히 누워 있는 것은 사는 것이 아니라고 생각했었다. 그러한 생각

이 진리가 아닌 세상에서 습득된 것임을 알아챈 순간, 그 생각들은 흔적도 없이 사라졌고, 그러자 무료함도 사라졌다. 그러나 가만히 돌아보면 사라진 것은 무료함에 대한 안달이었다.

눈을 감으면 끝도 없는 그대로의 나를 느끼고, 눈을 뜨면 누워서할 수 있는 것들을 찾아서 했다. 눈에 보이는 만물이 마음을 비추니, 내마음속에서 춤추는 군상들을 만날 수 있었다. 그 상들은 때로 사랑스럽고, 때로 심술궂고, 때로 거룩하고, 때로 유치하고, 때로 아름답고, 때로 엄하고, 고집스럽고, 자비롭고, 활달하고, 고요하며, 싱싱하고, 변덕스러웠다. 하지만 그 변덕스러움도 눈을 감으면 그만이었다.

어느덧 모든 상황과 상태를 받아들이고 즐기는 것을 배우게 된 것이다. 그러고 보니 심심함은 그 자체로 고통이 아니라, 그 느낌을 받아들이지 않고 없애버리려는 마음이 괴로움을 불러오는 것이었다.

둘레에서 병든 몸으로 해서 지나치게 외로워하고 힘겨워하는 사람들을 본다. 대개는 다른 사람에게서 관심과 보살핌을 받고자 하는 욕구가 강한 사람들이다. 하지만 병든 몸을 가지고도 주는 삶을 살아가는사람들을 보면, 그들이 가진 공통점은 행복하다는 것이다. 주는 것을기뻐하는 이들은 모든 사람들이 자기 자신과 같아, 상대방이 받는 것이자기 자신이 받는 것과 같다는 것을 알고 있다. 그러나 그것을 모르고 나는 나고 너는 너야, 라는 사고방식에 젖은 사람들은 주기보다는 받기를 더 바라고, 주는 것도 받기 위해서 한다. 이처럼 나와 남 사이에 진한 경계선을 그어놓고 그 경계선 안으로 무엇인가가 들어오길 바라는 것이다. 참으로 어려운 일이다.

사실을 말하자면, 사랑은 어디에나 넘친다. 오늘 저녁 무렵, 오랜만에 조카 상연이에게 전화를 했다. 유치원에서 집으로 막 돌아온 참이라고 했다. 수화기 너머에서 우렁차고 생생한 목소리가 건너왔다.

"고모! 엄마가 예쁜 옷 사주셨어요! 나도 고모 옷 사줄게요!"

아, 얼마나 감격적인 말인가!

"오, 상연아! 상연이가 고모 옷 사줄 거야? 와, 고마워!"

"고모, 나 고모 옷 많이많이 사줄게요. 예쁜 잠옷도 사줄 거예요!"

나는 가슴이 두근거리고 눈물이 나올 것같이 기뻤다.

"상연아, 정말 고마워!"

감동한 내 목소리에 상연이는 더욱 신이 나서 큰소리로 외쳤다.

"고모, 일주일 뒤에 내가 옷 사줄게요! 아니, 오늘 사줄게요!"

통화를 끝내고 나서도 상연이의 목소리가 남아서 귓전을 울리고 있었다. 그 여운이 지금까지도 여전하다. 상연이의 사랑이 예쁜 옷이 되어 온몸을 감싸고 있는 것이다.

사랑을 받길 원하면, 그것을 받아들이기만 하면 된다. 사랑을 어떤 형태로 정해놓고 그 형태가 주어졌을 때만 만족한다면, 항상 굶주릴 수밖에 없다. 할머니를 보면 늘 안타깝다. 밥을 드리면 죽을 달라 하고, 죽을 드리면 밥을 달라 한다. "할머니, 사랑해요"라고 하면, "말이라도 고맙다"라고 한다. 사랑을 받아들이지 않는다. 그래서 가슴이 황량하고, 그래서 심심할 것이다.

사랑을 원하고 찾자고 보면, 눈에 보이는 만물에서도 무수히 찾을 수가 있다. 이 포근한 어둠도 그렇거니와 숨을 들이키면 달콤한 공기, 피부에 와 닿는 싱그러운 바람, 고모의 새근거리는 숨소리, 천창으로 들여다보는 달님의 얼굴, 이 컴퓨터에 깃든 많은 사람들의 손길, 이 세포 속에 깃들어 있는 부모님의 흔적, 그리고 생명…… 아침이 밝아오면 더더욱 많은 것들이 사랑을 품고 내게 쏟아져 온다. 그 많은 선물들에게 안녕, 하고 인사하기에도 하루가 꽉 찬다.

죽음이 마지막이 아닌 새로운 시작이요 탄생이 되려면, 음울한 장례식이 아닌 신명나는 축제가 되려면, 죽음에 다가갈수록 마음이 행복으로 가득 차야 할 것이다. 그리고 그렇게 되려면 온 몸과 마음에 스스로가 그어놓은 경계선을 지워버리고 감각을 활짝 열어 만물을 받아들이고, 그 하나하나에 감사하는 것을 터득하고 연습하는 것이 어떨까 한다. 그것은 지금부터 해도 이르지 않다. 그리고 늦지 않다.

내가 원하는 것

내가 원하는 것

1. 충만한 행복

2. 당신이 이끄시는 대로 움직이는 것

3. 사랑하는 것

4. 늘 웃는 것

5. 건강

내가 할 일

1. 운동과 목욕

2. 규칙적인 식사

3. 늘 웃기

4. 영적 독서

5. 일기

몸이 쉽게 잠들지 못해서 전등불 아래 종이를 펼칩니다. 당신께 편지를 쓰려고요. 내 가장 사랑하는 당신, 거룩하고 아름다운 당신을 잡다한 불평으로 어지럽혀드렸습니다. 하지만 당신은 언제나처럼 잔잔히 웃고 계십니다. 변치 않고 그대로이십니다.

이제 당신의 그 미소를 놓치지 않으렵니다. 어느 순간에도 잡다한 느낌과 감각과 생각 가운데에서 당신의 얼굴을 찾아내렵니다. 어느 순간에도요.

당신은 가장 빛나는 참된 나. 귀하고 귀한 당신을 결코 놓치지 않으렵니다. 이 모든 망상들이 당신과 나의 일치를 방해하지 못할 때까지 조심스럽게 온 정성을 다해 집중하겠습니다.

당신을 찾으니 정말 좋습니다. 이제 달콤한 휴식이 찾아오네요.

참 좋은
역할

이 몸이 아픈 역할을 잘 한다. 오늘은 아침부터 찬 음식을 먹게 되었다. 간단히 해결하려다 보니 그리 되었는데, 몸이 체온 조절을 잘 못하고 꽁꽁 얼어붙으면서 근육도 경직이 되고 장은 출혈을 일으켰다. 이리저리 걸어 다녀보고, 따뜻한 이불 속에 들어가 녹여보기도 했지만 영 신통치 않았다.

매우 어정쩡한 자세로 침대 위에 몸을 얹어두고 있는데, 청주에 다녀오시던 아버지께서 집에 들르셨다. 연이어 상만 마을에 귀농하신 정신 님이 오시고, 조금 후에 은진 아저씨도 마루문을 밀치고 들어오셨다. 모두 이 몸을 걱정하고 오신 것이었다.

정신 님과 은진 아저씨는 굳어진 이 몸의 양 팔을 하나씩 맡아서 주무르기 시작하셨다. 그냥 자동적이었다. 그동안 아버지는 청주에 있는 귀염둥이 조카들 이야기를 들려주셨다. 그러다가 정신 님의 솜씨로 따끈한 장떡이 지져 나오고, 작은 술상이 차려졌다. 화마에 사라진 숭례문 이야기, 역사의 진실성에 대한 이야기, 건축과 그에 관련된 제도 이야기 등이 더불어 곁들인 안주였다.

몸은 뜨끈뜨끈한 장떡 한 장 먹고 나더니 피를 순환시키며 풀리기 시작했다. 세 천사들의 노랫소리를 들으며, 기분이 좋아졌다. 모두 얼굴이 열리면서 웃음이 쏟아져 나왔다. 천국이었다.

잠자리에 드는데, 천국이 여기 있어 행복할 뿐이다. 아픈 몸이 필요하지 않은가? 이 얼마나 재미있고 감칠맛 나는 역할인가! 물은 낮은 곳으로 흘러 바다가 된다. 사랑은 낮은 곳에서 출렁거린다.

　하루에도 몇 번씩 이 꿈에서 저 꿈으로 건너다닌다. 이 꿈으로 건너오기 바로 전 꿈에서, 나는 꽤 기발한 생각들을 해내는 석학이었다. 그래서 첨단의 학설을 생각해 내고는 한참을 정리하던 중에 이 꿈으로 건너오게 되었다. 그런데 그 꿈에서 그리도 가치 있다고 여겨졌던 생각이 이 꿈에서는 말도 안 되고 아무 의미도 없는 생각이 되더니, 급기야 기억에서도 깨끗이 지워져버리는 것 아닌가.

　늘 그렇다. 이 꿈의 것도 다른 꿈으로 건너가면 마찬가지가 된다. 여기에서 금과옥조로 여기던 나의 철칙이 그리로 가면 정말 아무 의미도 없는 것이 된다. 거의 대부분의 생각들, 특히 결코 버릴 수 없다고 여겼던 것일수록 다른 꿈의 나라에서는 하찮거나 없는 것이 된다. 그러니 옳거나 그르다고 목청 돋울 만한 것이 과연 있기나 한 것일까?

　요즘 이 나라에서 광우병의 위험을 소리 높여 외치는 사람들 중에서도 이 소들의 생활에 대해, 또 소들을 사육하며 매일 그 참혹함을 목격하면서 단련되고 있는 사람들의 무감각증에 대해 말하는 사람들은 얼마 되지 않는 것 같다. 많은 의견들이 인터넷 게시판에 오르고 있지만, 그 소들의 존엄성에 대해서 말하는 것을 본 적은 없다. 그저 30개월 미만이면, 20개월 미만이면, 척수와 눈알과 내장만 빼고 먹으면 문제없다고 생각하고 있는 것 아닌가 싶다. 하지만 소들의 세포에 이미 그들이 겪은 고통이 고스란히 기록되어 있음을 모르고 있거나 혹은 외면하고 있는 것이다.

'어차피 그런 고기를 먹는 것인데, 광우병 걸릴 거면 걸리라지 뭐! 내 재산을 불려줄 수 있다면 그것과 바꾸겠어' 라는 생각과 '그런 고기를 먹더라도 덜 위험한 부위를 골라먹는 것이 나와 내 가족의 목숨을 부지하는 데에 유리할 텐데' 라는 생각과 다른 점이 무엇일까?

생명은 사랑이다. 미국에서 사육된 소들에게 인간이 주고 있는 것은 무엇인가? 생명인가? 인간이 소에게 준 것을 소는 다시 인간에게 돌려줄 것이다. 그 소가 몇 살을 먹었건, 그 부위가 어떤 부위이건, 그 소는 받은 것을 고스란히 간직하고 있다가 인간에게 돌려줄 것이다. 나는 소들의 건강하고 아름다운 삶을 생각해 주고 도와주는 건강하고 아름다운 사람들을 소망한다.

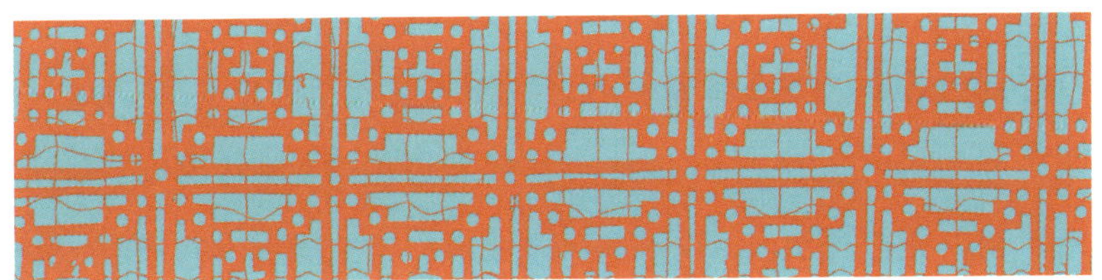

어쩌면 지금 이 꿈속에서 일어나는 이런 치열한 생각도 저 꿈으로 넘어가면 연기처럼 사라져버릴지 모른다. 하지만 이 꿈에서도 저 꿈에서도 무의미한 것들을 다 빼고 나면 남는 그 무엇이 있지 않을까? 꿈에서 벗어나 있는 그것. 영원히 변함없는 그것. 그 꿈에서도 참으로 원했고, 이 꿈에서도 참으로 원하는 그것. 그것에 집중하면 이 꿈도 저 꿈도 천국이 될 터인데.

약속

"친구야, 너는 아직 나를 잘 몰라. 나도 너를 잘 모르고…… 우리는 점차로 서로를 알아가게 될 거야. 하지만 자기 자신을 알아가면서, 그 속에서 서로를 알게 될 거야. 우리 정직하게 서로를 비춰주자. 서로에게 거울이 되어주고, 비춰진 모습을 잘 받아들이자."

우리가 진정으로 만나기 시작한 것은 바로 이 약속에 동의하면서였지. 대학 시절 6년 동안 얼굴은 마주쳤지만, 우리는 그저 스쳐 지나가는 사이였다. 외형으로 모든 것을 판단하던 시기였기에, 내 세상 속에는 네 세상이 없었고, 이 눈에 비친 네 모습은 생소하기 짝이 없었다. 매우 화려하고, 가까이 하기에는 부담스러울 정도로 외적인 힘이 강한 사람이었지, 너는. 그때 네 눈에는 나의 외형이 어떻게 비쳤는지 모르겠구나. 하지만 이제 그 모든 것이 다 지나가고 사라져버려서 중요하지 않게 되었다.

대학을 졸업하고 나자 우연인 것처럼 너는 나에게 다가왔지. 서로 왕래하고, 일터도 집도 가까운 곳에 정해서 수시로 만나게 되었지. 생활의 깊은 면까지도 서로에게 보여주고, 어려움도 나누면서 우리는 조금씩 가까워졌지만, 그것도 역시 외형일 뿐이었다. 그저 상대방이 걸치고 있던 옷을 자세히 보고 있었던 거야.

하지만 너는 나의 수호천사. 너를 보내주신 분께 무한히 감사드려. 너는 내가 어디에서 무엇을 하든 늘 찾아내어 소식을 전하고 곁에 있어주었어. 아무도 모르게 병원에서 암 진단을 받고 입원해 있을 때에도, 너는 기어이 나를 찾아냈지. 그리고 나를 너의 집으로 데리고 가서 돌봐주었지. 그런 일이 어떻게 일어날 수 있었는지. 난 그것을 기적이라고 느껴. 그리고 너를 나의 수호천사라고 느껴.

대학 시절을 빼고, 본격적으로 너를 만난 것이 그때까지 10년째였어. 그런데도 우리는 서로의 존재를 공유하지는 못하고 있었어. 그저 좋아하는 정도였지. 어느 날 나 혼자 거처하고 있던 작은 원룸에서, 너와 애니어그램을 공부하기 시작했지. 나에겐 욕심이 있었어. 그때까지 우리 사이에서 오갔던 이야기는 가정사, 직장일, 주변 사람들의 신변에 대한 것이 다반사였는데, 내게는 흥미 없고 무의미한 것들이었어. 나는 우리가 좀더 깊게 서로를 공유하고 깊이 사랑하길 바랐어. 그래서 마음껏 포만감을 만끽하고 싶었단다.

애니어그램을 가지고 이야기 하던 끝에, 마침내 나는 기회를 잡았던 거야. 네 눈을 응시하면서, 가슴속 진실을 정성스레 눈길을 통해 보내면서 하고 싶었던 그 말을 꺼냈던 거야.

"친구야, 너는 아직도 나를 잘 몰라……"

그런데, 그 말을 마치고 나자, 네가 뭐랬는줄 알아? 생각 나?

"그래. 그래. 네 말이 맞아. 그렇게 하자."

친구, 내 수호천사야, 너는 고개를 끄덕이며 나의 프러포즈를 그렇게 받아주었던 거야. 그러고 나서 너는 100퍼센트 그 약속을 지켰어. 그렇게 다시 8년. 소중한 시간이었어. 우리 사이엔 어떤 장애물도 없게 되었지. 존재를 에워싸고 있는 잡다한 습관과 사고방식과 가치관 등 서로의 틀에 대해 하고 싶은 이야기를 할 수 있게 되었지. 어떤 말도 서로를 섭섭하게 만들지 못했어. 그 말을 받아들여서 한참 들여다보고 나면, 한 겹 너울을 벗게 되는, 멋진 여행을 함께하게 된 거야.

친구, 내가 이처럼 행복한 것에는 너의 행복이 밝혀준 몫이 커. 그리고 요즘 들어 그 밝아짐의 속도가 더욱 빨라진 것을 느껴. 서로를 비춰줄 때마다 지체 없이 밝아지고 행복해져. 너도 분명 느끼고 있지. 이제 곧은 길 위로 올라서서, 목적지에 도달할 때까지 길을 잃거나, 도중 하차할 염려도 없다는 것을 확신해. 감사해, 나의 친구. 사랑해, 나의 천사.

사랑의 힘

다채로운 생각들이 오간다. 그리고 그 생각 하나하나는 각각 독특한 감정과 몸의 반응을 만들어낸다. 요즘 들어서는 부쩍 내 자신이 마치 유리벽에 갇힌 것처럼 느껴질 때가 많아졌다. 답답하지만 그 답답함을 떨치고 나갈 길이 없는 것처럼 느껴지는 것이다. 이 세상에는 위안이 되는 것이 아무것도 없는 것처럼 여겨지기도 하고, 그래서 막막해지기도 한다.

결국은 길을 찾아 내면으로 들어갈 수밖에 없다는 결론이 내려지고, 눈을 감은 채 숨을 바라보게 된다. 간혹 눕는 것이 수월하면 이 숨의 길은 평화 속으로 나를 데려다주지만, 그도 어려워서 엎드리고 있어

야 할 때면, 숨의 길을 따라가기도 녹록치 않다.

많은 사람들이 이런 경험을 해왔겠지. 그리고 지금도 많은 사람들이 이런 느낌을 경험하고 있겠지. 그러기에 이제 나는 더 많은 사람들을 이해할 수 있게 되었다. 그래, 이해의 폭이 넓어지고, 그리하여 비판의 시각보다는 연민과 사랑의 마음을 더 확장할 수 있다면, 이런 체험도 그저 무의미하기만 한 것은 아니겠다. 아주 작은 생각의 파편 하나가 심장을 요동치게 하거나, 가슴을 답답하게 막아버리기도 하고, 반대로 평안함 속에서 쉬게 하기도 한다.

생각을 조절하는 것, 좋은 생각을 만들어내는 것. 누워서 지내면서도 해야 하는 일이다. 하지만 분명한 것은 사랑을 주고받을 벗들이 꼭 필요하다는 것이다. 사랑만이 창조의 힘이다. 좋은 생각은 사랑하는 일로부터 나온다.

이유 없이 가슴이 막히고
이유 없이 작은 것에도 짜증이 나고
이유 없이 심장이 멈추었다가 동동거릴 때
내게 필요한 것은
내 사랑 받아줄 벗

포근한 손과 품을 내어줄 벗

오로지 사랑, 사랑, 사랑밖에 없어라.

연금술

며칠 전 유명한 배우가 또 한 명 스스로 목숨을 끊었다. 그가 그런 결정을 내릴 때까지 겪었을 마음의 고통을 생각하니 가슴이 아팠다. 그러면서 한편으로는 그의 고통은 충분히 무르익은 것이었을까 하는 궁금증도 일었다. 사실 궁금하다.

좌선이나 연단 수련을 해본 사람이라면, 지극한 환희의 경지가 극한 고통 너머에 있음을 체험했을 것이다. 고통의 중간에서 그만두어서는 맛볼 수 없는 그것은 고통을 넘고, 또 넘고, 다시 넘고, 넘어서, 더 이상은 견딜 수 없겠다 싶은 고통을 넘었을 때 비로소 만나진다.

하지만 고통을 고통이라고만 여겨서는 넘어갈 수가 없다. 고통을 육체에 남겨둔 채, 육체에서 나와 제삼자의 입장이 되어 그것을 바라볼 때 가능하다. 고통은 그저 그런 느낌일 뿐 그것을 적당한 거리에서 바라보고 있는 나에게 괴로움을 줄 수 있는 것은 아니게 된다. 육체와 그것이 지닌 감각을 담담하게 바라보며, 나는 미소 지을 수 있으며, 잔잔한 달빛과 별빛을 즐길 수도 있다.

그러는 사이에 육체와 그것이 지닌 감각은 더욱더 멀고 멀어져, 나는 텅 빈 충만 가운데, 지극한 환희 속에 머물게 되는 것이다. 인생은 좌선이나 연단과 같은 것이 아닐까 한다. 그것은 마치 고통의 연속인 양 보인다. 그래 오죽하면 고해라고 말할까.

그러나 고통 속에서도 웃는 사람들이 있다. 고통 속에 푹 빠지는 것이 아니라, 오히려 그것을 가지고 놀고 즐길 줄 아는 것이다. 물론 고통스럽지 않은 것은 아니지만, 그것을 바라보면서 동시에 그것이 뒤에 숨기고 있는 즐거움을 발견할 줄 아는 것이다. 그러는 사이 고통은 점차로 멀어진다.

가만히 보면 고통이 있는 곳에 항상 붙어 있는 것이 있다. 그것은 사랑해야 할 대상들이다. 내가 용서하고 위해주어야 할 누군가가 있어서, 그 일에 몰두하다 보면 고통을 지나가게 된다. 고통은 멀리한 채 바라보고, 용서와 사랑에 집중하며, 웃음을 떠올리기. 순간순간 마음을 이 하나에 모으면, 어느새 고해를 다 건너게 된다.

이것을 이름하여 '연금술'이라 하지 않는가? 약하고 변하기 쉬워서 거들떠볼 가치도 없어 보이는 납덩어리를 가지고 영원히 변하지 않을 금을 만들어내는 것. 혹은 곧 부패하고 말 포도를 가지고 잘 발효시키고 숙성시켜서 향이 그윽한 포도주를 만들어내는 것.

그러나 변화의 용광로 속에서 충분히 견디지 않고서는 결코 영원함을 얻을 수가 없다. 담금질을 충분히 다 겪지 않은 납덩어리는 그저 납덩어리일 뿐이요, 발효 과정을 다 겪지 않은 포도는 썩은 포도일 뿐이다. 이 시간을 다 견뎌보지 않고서 인생은 무의미하고 하찮은 것이라고 누가 말하는가? 우리는 모두 인생이라는 짧은 시간을 영원으로 만들어내는 연금술사가 아닐까?

고통을 겪되, 그 속에 빠지지는 말자. 그것은 우리가 만지고 빚어서 완성시켜야 하는 대상이지 나 자신의 부분이 아니다. 고통어린 드라마를 자신으로부터 좀 멀리 떨어뜨리고 난 후 일정한 거리를 두고 바라보자. 그리고 드라마를 보며 미소 짓자. 그와 동시에 진정한 자아 속에 빛나고 있는 담담한 눈과 미소를 찾자. 그 눈과 미소를 잃어서는 안 된다. 그 참된 마음의 눈을 가지고서야 비로소 진정한 용서와 사랑이 가능하다.

인생이라는 납덩어리를 가지고 영원히 빛나는 황금을 만들어, 우리 그곳에서 만나자. 강 건너 자유의 나라에서.

새로운
영토

요즈음 생각과 느낌이 새롭게 떠오르고 있다. 그것은 내가 장애인이며, 매우 한정된 행동반경을 갖고 있다는 것과 거기에 따르는 일종의 답답증 같은 감정이다. 이 몸이 여러 번의 수술과 병소로 인해 아픔과 불편함을 겪은 지는 여러 해가 되었지만, 그동안 내가 장애인이라는 생각, 답답하다는 느낌은 갖지 않고 지내왔다는 것을 새삼 깨닫는다. 왜 그랬을까 하고 가만 돌아보니, 지나간 날들은 불편한 몸을 갖고서도 마음에 떠오르는 일들을 서툴고 느리게나마 실행할 수 있었던 시간이었다. 그것이 많은 위안이 되어준 것 같다.

하지만 이제는 단 5분을 서 있기가 어렵게 되었다. 아주 기본적인 일들, 예를 들어 침상에 엎드려 밥을 먹는다거나, 화장실에 가서 세수를 하거나 볼 일을 보는 것 등을 재빠르게 해내고는 찌릿찌릿 통증을 호소하는 척추를 눕혀주러 냉큼 침대 위에 엎드려야 하는 것이다. 그렇게 하고는 20분에서 30분 정도 가만히 몸을 바라보고 있으면, 통증이

스르르 가라앉는다.

　게다가 엎드려서 생활하는 몸은 호흡이 충분치 않아서 그런지 쉽게 피로하다. 그저 있는 것 자체만으로도 중노동을 한 것처럼 노곤하고 늘 눈꺼풀이 무겁다. 그러다 보니 움직이고자 하는 의욕도 떨어지고 창조적인 생각도 떠오르지 않는다. 나의 장애를 가려줄 장막이 모두 사라지고, 이 몸과 마음은 드디어 온전히 노출되어 있게 된 것이다.

　이제 내가 새로운 국면에 접어들었다는 것을 알겠다. 매우 심한 장애로 인해 자살까지 생각하며 몸부림치는 이가 바로 내 안에 존재하고 있음을 알겠다. 예전엔 장애로 인해 괴로워하고 의기소침한 사람들을 이해하기보다는 은근히 꾸지람하는 편이었다. 물론 전혀 이해하지 못하는 것은 아니었지만, 전적으로 이해하지는 못했다. 적극적으로 도움을 청하고, 자기를 개발해 나아가지 못하는 사람을 만나면 충고를 하고 싶기도 했다. 그런데 이제 그 사람이 내 속에 있음을 느끼고 있다. 그 사람은 다름 아닌 바로 나인 것이다.

　벽에 부딪히고 또 부딪히다가 의욕도 잃고, 우울해지며, 인생을 끝내고 싶다가도, 두려움과 불안에 어쩔 줄 모르는 마음. 나는 점차로 완전한 장애인이 되고 있는 것 같다. 몸도 마음도 흔들리고 있는 장애인 말이다. 누군가 이 몸을 가리키며 장애인이라고 말하면, 예전엔 생소하고 공감되지 않았는데, 이젠 그래요 하고 고개를 끄덕일 것 같다.

그런데 한편, 사라지고 있는 것이 있다. 그것은 경계선이다. 어떤 형태의 사람을 만나도 모두 내 안의 사람으로 여겨진다. 나는 지금 모든 어려움을 이겨내고 초월한 무쇠처럼 단단한 사람이 아니라, 모든 어려움을 겪고 있는 마음들을 안고 있는 연약하고 낮은 사람이 되고 있다.

정말 새로운 영토 위에 선 것이다. 때때로 지금의 이 과정들이 나를 어디로 이끌어갈는지 궁금하다. 세상을 바라보며, 병들고, 잔인하고, 법칙 없는 이 세상 사람들에게 절망하고 손가락질하던 마음이 어느새 봄 눈 녹듯이 사라진 것을 이 영토 위에서 문득 발견한다. 지독한 고민거리였는데, 아무리 칼로 자르고 잘라도 쑥쑥 고개를 내밀곤 하던 분별심이었는데, 그것이 이처럼 사라지다니…… 심신의 고통이라는 푹 썩은 거름을 먹고, 내 영혼의 열매가 익어가는 것을 본다.

흔들리는 마음속에서도 그런 변화를 발견하면서, 고통 가운데에서도 희망을 보기도 한다. 사실은 희망이 더욱 커진다. 내가 딛고 갈 다음 영토는 어떤 것인지 넌지시 그분께 물음을 던지며 답을 기다린다.

"다음엔 무엇인가요?"

내 안에서

조카 루치아노는 캐나다 인인 제 아빠가 만들어주는 음식을 좋아한다. 그러다보니 한국식 밥상차림을 잘 즐기지 못하는 편이다. 오늘 저녁에도 그러했다. 밥상을 앞에 두고도 먹는 데에는 관심이 없고 딴전을 피우는 루치아노에게 몇 마디 꾸지람을 했다. 그러나 루치아노에게도 무엇인가 할 말이 있는 듯했다. "저도 제가 잘못인 거 알아요!" 하고 말하면서도, "그럼 왜 잘못인 것을 하니? 잘하면 되잖아"라는 내 말에 쉽게 수긍하지 못하는 것을 보면, 논리적으로 말할 수는 없어도, 제 속에 주장이 있는 것을 알 수 있었다.

루치아노는 그럭저럭 저녁 식사를 마치고 혼자서 놀고 있었다. 그런 루치아노를 바라보자니, 그 아이에 대해 나는 아는 것이 아무것도 없다는 생각이 들었다. 정말 완전히 새로운 세계이다. 그런 세계에 첫발을 내디디면서 나는 손님으로서 충고를 먼저 한 것이었다. 그것은 첫인사로 결코 적당한 것이 아니었다. 아이는 자신의 신성한 세계를 불시에 침략해서 무례한 공격을 한 침입자를 보고 있었던 게 아니었을까? 필시 그러했을 것이다.

뉴스에 연일 보도되는 이스라엘과 팔레스타인의 전쟁을 보면, 내 편 아닌 상대편에 대한 이해가 전혀 없다는 것을 알 수 있다. 심지어 상

대편이 존엄한 생명과 신성을 지닌 인간이라는 것도 잊어버리고 마구 살상한다. 그 마음은 육체를 자아의 중심으로 삼고 그 때문에 지극히 유약한 정체성을 지니게 되고, 따라서 외부의 공격에 대한 두려움과 불안으로 가득 차 있다. 그러한 자기중심적인 사고와 감정의 총합이 내 편과 네 편을 가르고, 상대편이라고 생각되는 부분을 먼저 공격하는 것이다. 내 편과 상대편에 대한 이성적인 고찰도 없다. 심리적 불안에서 오는 야만적인 공격만 앞서고 있다.

이스라엘이라는 간판, 팔레스타인이라는 간판이 없다면 어떠할 것인가? 이스라엘 민족은 자기의 땅을 찾아야 한다는 사명을 가졌다는데, 그런 믿음이 없다면 어떠할 것인가? 잠시 상상해 보아도 훨씬 편안해진다. 서로 총부리를 겨누고 있는 그들이 모두 너나 할 것 없는 인간일 뿐이라고, 그 울타리를 조금만 넓혀 잡아도 숨을 쉬기가 좋다. 그런 다음에 동물과 식물과 무생물이라고 부르는 생명체들과 보이지 않는 세계의 존재들로 우리 정체성의 울타리는 확장될 수 있을 것이다.

친구와 통화를 했다. 요 며칠 동안 친구의 마음은 무거웠다 했다. 경제적으로 상위 계층을 대변하고 있는 이 정부의 정책에 대해 비판적인 시각을 가지고 있으면서도, 그 계층에 속한다고 볼 수 있는 자신은 과연 비판하는 시각 그대로 일치하는 삶을 살고 있는가 하는 물음에 그렇다고 답할 수가 없다는 것이었다. 더군다나 자신의 삶을 전체 속에다 바치며 살아가는 사람들을 보면서 부끄러운 마음을 금할 수가 없단다. 다만 예전에 비해 객관적인 시각으로 사회를 바라보고, 판단의 기준을 자기만의 이익이 아닌 올바름에 두고 있으니 그나마 다행으로 여기고, 앞으로 더 닦아나가겠다고 했다. 친구의 며칠을 축하한다.

자기 마음속에 깔린 틀을 발견하는 것이 그리 쉬운 일은 아니다. 사람마다 자기 마음속의 작은 틀 안에 갇힌 부분을 세상이라고 여기고, 심지어 진리라고까지 여기기 때문에 틀은 쉽사리 보이지 않는다. 대개 자기가 가진 틀에서 벗어난 것을 보면 그것은 틀린 것이라고 여긴다. 그러나 그것은 참 세상의 부분이요 내가 이해해야 할 세상인 것이다.

틀린 것이라고 판단되는 것을 만날 때가 있다. 그 틀린 것이 몹시 내 비위를 건드리고, 분노를 일으키고, 어쩐지 그것을 없애지 않으면 세상이 위험에 빠질 것 같은 생각이 들 때가 있다. 바로 그때가 내 마음속으로 눈을 돌려 나의 틀을 발견할 수 있는 기회이다. 나를 화나게 하는 것은 내 눈에 비치는 상대가 아니라 내 마음속에 둘러쳐진 틀이다. 가마히 응시하면 그 틀이 떠오르고, 정직한 눈으로 한참을 더 바라보면 그 틀이 사라진다. 그러면 틀린 것이라고 판단되었던 것이 이해되고 내 세상 안으로 편입된다.

부정적인 감정을 기회로 삼아 틀을 바라보고 인정하는 것도 쉽게 이뤄지는 것은 아니다. 자꾸만 내가 옳다는 주장이 마음 바닥에서 솟아오르게 마련이다. 루치아노에 대한 내 마음도 그러했다. 아무리 그래도 식사 예절은 가르쳐줘야 하지 않나, 라는 생각이 솟아난 것이다. 하지만 가장 행복한 식사는 어떤 것일까, 라는 물음을 품고 잠시 눈을 감자 내 눈앞에는 널따란 초원이 펼쳐지고, 많은 사람들이 각자가 가지고 온 소박한 먹을거리를 가지고 모여 있는 광경이 떠올랐다. 어떤 사람은 밥을 먹고, 어떤 사람은 먹다가 풀밭에서 공을 차고, 또 다른 사람들은 과

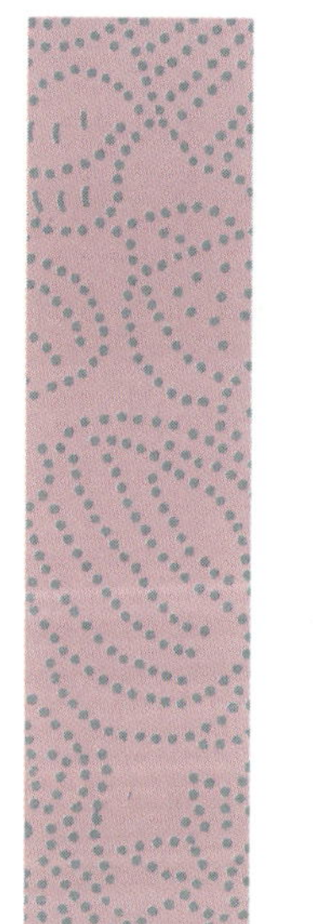

일을 먹고 나서 물놀이를 하러 가기도 하고, 이야기도 나누고, 춤도 추고…… 거기엔 꼭 어떻게 해야 한다는 행동의 규칙이 없었다. 모두 다 똑같이 앉아서 조용히 먹기만 하는 것보다 훨씬 자연스럽고 행복해 보이는 광경이었다.

그래, 내 안에 그런 전망을 가지고 있다면 여기에서도 그렇게 해보자. 이렇게 해야 한다면서 공연히 분위기 어둡게 하지 말고, 자유롭게 이루어지도록 내버려둬 보자. 루치아노의 세상을 좀더 눈여겨보고, 거기에 동참해 보아야겠다. 생각을 이렇게 흐르도록 하니

아주 행복해진다. 이 행복만큼 이스라엘 사람들 마음이 행복해지길 바란다. 그러면 그만큼 이스라엘의 두려움과 불안은 줄어들 것이고 폭력도 줄어들 것이다.

자연의
힘

지난달에 겪었던 어려움이 이제 서서히 잊혀가고 있다. 약 3주 동안 내 몸은 변비로 인해 고생을 했다. 진통제를 오래 사용하는 사람이나 누워서 생활하는 사람에게 일반적으로 나타나는 현상이 변비라는 것은 알고 있었지만, 그동안 식생활을 잘해서인지 변비로 고통을 겪지는 않았었다. 그런데 동생 집에 머물며 도시의 식생활을 따라서 하다 보니 그랬는지, 아니면 피가 부족하다고 해서 복용한 철분제가 문제의 발단이 되었는지, 한번 시작된 변비는 쉽게 잡히지가 않았다.

매일 변기에 앉아 머리에서 회음까지 기운을 내리쏟는 것이 주된 일이 되자, 어깨와 팔도 아프고, 횡경막과 갈비뼈도 쑤시고, 급기야 기운이 빠져 운신하기가 힘들어졌다. 대장은 꿈쩍도 하지 않는 것 같았는데, 배출되는 대변의 양은 언제 그렇게 많은 것을 먹었나 싶게 대단했다. 어쩌면 변기에 걸터앉아 세상을 하직하겠구나 하는 생각도 들었다.

그러던 어느 날 제부가 말린 자두로 만든 주스를 사들고 왔다. 그 전에 올리브 오일을 몇 숟가락씩 먹고 있던 나는 무슨 효과가 있을까 하는 생각을 하면서 주스를 한 컵 들이켰다. 그런데 효과가 나타나기 시작했다. 일주일간 단식을 하고 나서 마침내 딱딱하기 그지없는 똥 덩어리들을 아이 낳듯이 다 낳아버리고, 변비 탈출을 하게 된 것이다.

아침에 일어나자마자 주스 반 컵 마시기, 밥과 함께 꼭 다시마 데친 것을 먹기, 밀가루 음식과 달걀은 먹지 않기 등으로 이제 변비와 멀어지게 되었다. 배 속이 편하니 만사가 편해지는 듯했다.

그러다가 그저께 내 몸에 또 다른 현상이 나타났다. 기억 속에서도 드문드문 찾아볼 수 있는 증상이었는데, 이마에 땀이 솟아나고, 몸을 가만히 둘 수 없이 안절부절 못하는 것이었다. 마침 내 몸을 돌봐주시는 유 선생님이 그 말을 듣고, 호르몬의 문제일 수 있다며 환약을 주셨다. 그 약을 먹고 나니 증상은 희미해지더니 사라졌다. 호르몬의 문제였던 것이다.

여성 호르몬의 결핍으로 갱년기 장애가 나타난다는 것을 말로만 들었는데, 그 증상을 직접 겪고 보니 많은 중년 여성들의 어려움을 이해할 수 있게 되었다. 암으로 인해 수술도 받고, 화학요법이나 방사선 치료를 받고 난 많은 분들이 후유증으로 고통을 겪고 계실 것이다. 혹시나 이 글을 접하시면, 조금이나마 도움이 될까 모르겠다.

모든 증상에는 좋은 약이 있으며, 자연에서 온 먹을거리를 섭취하며 지내다보면 증상들은 꼭 사라진다. 몸의 회복력은 회복력에 대한 믿음이 확고할수록 더 크다. 그것이 자연의 힘이다.

3월 마지막 날의 멋진 선물

고모는 일주일간 우울증을 겪었다. 어쩐 일인지 온몸이 아프고, 밤잠을 잘 이루지 못했다. 옆에서 그것을 보는 나도 염려가 되었다. 그런데 마침내 고모는 거기에서 빠져나왔다. 일주일간 고모는 마음속 깊은 골짜기를 여행했고, 이제 그 골짜기를 빠져나온 것 같다고 말했다.

일주일 전 고모는 부리나케 진도를 향해 떠났다. 진도의 흙집에 손님이 오신다는 전갈을 받고 서둘러 달려간 것이었다. 왜 저리 급하게 가는 것일까, 손님이 오셔도 그저 지내다 가시면 되는데…… 나는 조금 의아해 했었다. 고모는 그 일을 조용히 되돌아보았다.

"나는 그분에게 하고 싶은 말이 있었고, 그것을 시원스럽게 말해버리고 싶었던 것 같아. 그래서 쓸데없이 무리한 여행을 했지. 그분이 자기 자신에 대해 보지 못하고 있는 것, 모르고 있는 것을 직설적으로 다 말해버리고 싶었어. 내 마음속에는 약간의 미움이 자리 잡고 있었던 거 같아. 그래서 그분을 향해 독하게 말을 했지. 생각하고 있던 것을 남김없이 다 이야기했어. 그러면 시원할 줄 알았는데…… 그렇게 하고 났더니 마음이 너무나 안 좋은 거야. 아주 많이 우울했어. 왜 그런가 하며 마음을 바라보니, 내가 그분에게 했던 말들이 모두 화살이 되어 내 마음 밭에 꽂혀 있는 거야. 아, 그렇게 하는 것이 아니었구나 하는 생각이 들었어. 그 정체를 알고 나니, 이제 나아지네. 한 고비 넘긴 것 같아.”

나이 육십대 중반에 이른 여인의 얼굴을 나는 지긋이 바라보았다. 그 얼굴은 나이를 가늠할 수 없는 고요하고 싱싱한 얼굴이었다. 살아 움직이는 마음이 우러나는, 그런 아름다운 얼굴. 그 얼굴을 마주하고 있자니 내 가슴 한가운데서 절로 기쁨이 솟아났다.

고모는 또 하나의 새로운 결심을 이야기했다.

“어느 한 곳 편안한 장소에 붙박혀 안정감을 찾겠다는 생각은 버려야겠어. 그래, 어차피 길지 않은 인생인데……”

끊임없이 장소를 옮기고, 새로운 사람들을 만나도록 지긋이 등을 떠미는 어떤 큰 힘으로 인해, 이리저리 이동하며 살아갈 수밖에 없는

나는 이제 든든한 동반자를 얻은 것이다. 물론 고모도 팔딱팔딱 뛰는 신선한 생선의 생명력을 생각나게 하는 삶을 얻은 것이고, 또한 나와 마찬가지로 든든한 동반자를 두게 된 것이다. 우리는 둘 다 서로에게 미안해 할 필요도 눈치를 볼 필요도 없다. 같은 곳을 바라보며 손을 꼭 잡고 갈 테니까!

오늘은 새로운 아침과 같은 날이다. 순간순간 모험이 찾아올 것이며, 우리는 손을 잡고 그 모험에 뛰어들 것이다. 모든 상황들이 삶의 재료가 될 것이고, 넘어야 할 흥미로운 장애물이 될 것이며, 가지고 놀 장난감이 될 것이다. 오늘이 며칠이지? 아, 오늘이 생일이라 해도 좋을 것 같다. 3월의 마지막 날 정말 기가 막히게 멋진 선물을 받았다. 아, 언제나 여기 계신 분! 오늘도 감사합니다!

새벽을 여는
걸음마

저게 무슨 소린가? 어떤 기계음 같은 소리가 규칙적으로 들리기 시작하면서 잠에서 문득 깨어났다. 아직 어둠이 채 가시지 않은 새벽, 소리의 정체를 더듬어보며 조금씩 꿈속에서 헤어 나오고 있었다.

꿈속에서 나는 산길을 걷고 있었다. 행복한 마음이었다. 그 마음을 안고서 산길을 걷듯이 꿈에서 걸어 나와, 그곳에서 나를 끌어낸 소리에 귀를 기울이다가 마침내 그것이 새가 부르는 소리라는 것을 알았다. 새벽을 깨우는 새 한 마리의 지저귐이었다.

천천히 자리에서 일어나 창가로 다가간다. 새벽 공기를 한껏 들이켜보고 싶었다. 거실 문을 열고 내다보니 허공을 가득 메운 나뭇잎들이 초록 향기를 내뿜고 있다. 어제 저녁 이 문틈을 비집고 들어오던 매연은 밤새 나란히 어깨동무하고 선 나무들의 숨을 통해 걸러져 어느덧 대기가 말끔한 향기를 풍기고 있다. 고맙고 또 고마운 선물이다. 이 새벽, 이 신선한 새벽.

어제는 온몸을 휘감는 열과 비적비적 피부를 열고 나오는 땀과 환지통과 허리의 신경통으로 종일 시달렸었다. 그런데 한 잠 자고 나니 그 모든 것이 다 지나가고, 나는 어느덧 신선한 공기를 온몸에 맞으며 새벽을 즐기고 있다. 이 순간이 꿀맛같이 달다.

간밤에 뉴스에서 보았던 여성 산악인 오은선 씨의 칸첸중가 등정 소식이 다시 떠오른다. 화면에는 "19시간 30분의 외로운 등반 끝에"라는 자막과 함께 오은선 씨가 가쁜 숨을 몰아쉬며 설산을 오르는 모습이 비춰졌다. 눈이 부신 설산의 날카로운 능선을 보며 문득 저 사람은 왜 목숨을 걸고 산에 오르는 것일까, 하는 물음이 일었다. 그와 함께 그 사람이 겪었을 외로움과 육체적인 고통의 무게가 두렵게 다가왔다.

그러나 이제 돌이켜보니 나의 삶도 그의 등반과 다르지 않다고 여겨진다. 한 걸음 한 걸음 오르다보면 어느 순간 정상에 닿아 있는 것. 나는 마음속의 히말라야를 오른다. 딱 한 순간만 집중해서 산다. 그 순간이 모여서 흐름이 되고, 뒤돌아보면 긴 강이 되어 있다. 그리고 그 강이 유유히 흘러가는 방향을 가늠하게 한다. 어떤 한 순간에는 숨이 가쁘고, 어떤 한 순간에는 평안하고, 그렇게 순간순간이 다 달라도, 그 모든 순간이 모여서 된 강은 유유하고 장대하다.

한 마리의 새가 열어준 이 새벽을 평안하게 즐기고 있는 나. 지금 이 순간은 히말라야의 여러 봉우리 중 하나를 정복한 듯한 충만함을 주고 있다. 오은선 씨의 도전을 공감한다. 히말라야의 봉우리에 깃발을 꽂고 환희에 몸을 떠는 그 느낌을 같이 나눈다.

유리문에 비친 내 모습을 바라보며 걸음마를 해본다. 비록 척추가 약해져 허리가 흔들거리지만 이 걸음마로 조금은 단련이 되겠지. 다섯 개의 발가락에 힘을 주어 바닥을 움켜쥐며 걸음마를 한다. 딱 한 걸음에 온 마음을 다 집중하면서.

●──감사의 글

매일 당신의 목숨을 살라주시는 고모 기숙희 님, 길벗이 되어주신 부모님, 책을 펴낼 수 있도록 격려와 사랑을 준 친구들과 샨티의 평화 님과 이흥용 님, 박지흥 님, 존재로 기쁨을 주시고 발문을 써주신 관옥 이현주 님, 깊은 체험을 함께 나눈 원자력병원의 의사 선생님들, 간호사 선생님들, 호스피스 팀, 그리고 병동의 환우들, 사랑의 쉼터 안기순 님과 함께했고 지금도 늘 함께하는 벗들, 편안한 생활을 하도록 후원해 주는 친구들, 카페 '의식혁명'의 벗님들, 그 외에도 헤아릴 수 없이 많은 분들이 계십니다. 감사합니다.

샨티 회원제도 안내

샨티는 사람과 사람, 사람과 자연, 사람과 신과의 관계 회복에 보탬이 되는 책을 내고자 합니다. 몸과 마음과 영혼이 건강해질 수 있는 책을 내고자 합니다. 만드는 사람과 읽는 사람이 직접 만나고 소통하고 나누기 위해 회원제도를 두었습니다. 책의 내용이 글자에서 머무는 것이 아니라 우리의 삶으로 젖어들 수 있도록 함께 고민하고 실험하고자 합니다. 여러분들이 나누어주시는 선한 에너지를 바탕으로 몸과 마음과 영혼에 밥이 되는 책을 만들고, 즐거움과 행복, 치유와 성장을 돕는 자리를 만들어 더 많은 사람들과 고루 나누겠습니다.

샨티의 회원이 되시면……

샨티 회원에는 잎새 · 줄기 · 뿌리(개인/기업)회원이 있습니다. 잎새회원은 회비 10만 원으로 샨티의 책 10권을, 줄기회원은 회비 30만 원으로 샨티의 책 33권을, 뿌리회원은 개인 100만 원, 기업/단체는 200만 원으로 샨티 책 100권을 드립니다. 그 외에도,

— 추가로 샨티의 책을 구입할 경우 20~30%의 할인 혜택을 드립니다.
— 신간 안내 및 각종 행사와 유익한 정보를 담은 〈샨티 소식〉을 보내드립니다.
— 샨티가 주최하거나 주관 · 후원 · 협찬하는 행사에 초대하고 할인 혜택도 드립니다.
— 뿌리회원의 경우, 샨티에서 발행하는 모든 책에 개인 이름이나 회사 로고가 들어갑니다.
— 모든 회원은 아래에 소개된 샨티의 친구 회사에서 프로그램 및 물건을 이용 또는 구입하실 때 할인 혜택을 받을 수 있습니다.

· 오늘 행복하고 내일 부자되는 '포도에셋' 재무설계 상담료 20% 할인
  (정상가: 개인 10만 원, 부부 15만 원) http://www.phodo.com
· 대안교육잡지 격월간 《민들레》 정기 구독료 20% 할인
  (35,000원→28,000원) http://www.mindle.org
· 부부가 정성으로 농사지은 '설아다원'의 깨끗하고 맛있는 유기농 녹차 구입시 10% 할인
  http://www.seola.kr
· 문성희의 자연 요리 '평화가 깃든 밥상' 강좌 수강료 10% 할인
  들뫼자연음식연구소, 010-2210-9956

* 친구 회사는 앞으로 계속해서 늘려나갈 예정입니다.
* 회원제도에 대한 더 자세한 사항은 샨티 블로그 http://blog.naver.com/shantibooks를 참조하십시오.